少年人文美文系列

推开作家的门

文学故事卷

徐 鲁 著

中原出版传媒集团
中原传媒股份公司

大象出版社
·郑州·

图书在版编目(CIP)数据

推开作家的门：文学故事卷／徐鲁著. — 郑州：
大象出版社，2024. 5（2024. 5 重印）
（少年人文美文系列）
ISBN 978-7-5711-1820-4

Ⅰ. ①推… Ⅱ. ①徐… Ⅲ. ①散文集-中国-当代
Ⅳ. ①I267

中国国家版本馆 CIP 数据核字(2023)第 104972 号

少年人文美文系列

推开作家的门 文学故事卷

TUIKAI ZUOJIA DE MEN WENXUE GUSHI JUAN

徐 鲁 著

出 版 人 汪林中
策划编辑 张桂枝 孟建华
项目统筹 司 雯
责任编辑 魏代萍
责任校对 代亚丽
装帧设计 王莉娟

出版发行 大象出版社（郑州市郑东新区祥盛街 27 号 邮政编码 450016）
发行科 0371-63863551 总编室 0371-65597936
网 址 www.daxiang.cn
印 刷 河南博雅彩印有限公司
经 销 各地新华书店经销
开 本 890 mm×1240 mm 1/32
印 张 8.875
字 数 148 千字
版 次 2024 年 5 月第 1 版 2024 年 5 月第 2 次印刷
定 价 32.00 元
若发现印、装质量问题，影响阅读，请与承印厂联系调换。
印厂地址 郑州市金水区杨金产业园马林西路 4 号
邮政编码 450000 电话 0371-65867366

目 录

Contents

童年的故事和书，都是文学的种子

——致少年的你

童年时听过的故事、读过的书，都是播撒在心中的文学的种子。我的童年时代，是在北方的一个小山村里度过的，那是贫穷的年代，书是十分珍贵和稀罕的，有时候打听到了哪个村里谁的家里有一本书，就要走十几里路，去央求着人家借给我看看。

我能记起来的，小时候读过的书，有《高玉宝》《闪闪的红星》《小马倌和"大皮靴"叔叔》《苦菜花》和《普希金童话诗》等。还有一本民歌风格的儿童叙事诗《草原上的鹰》，写的是一个蒙古族小英雄莫日根的故事，我几乎能把全书背诵下来，可见当时能拥有一本书，我是多么珍惜。

没有书读，那就听故事吧。我童年时代的大部分时光，是和爷爷奶奶在一起度过的，爷爷奶奶是对我影响最大的人。爷爷是一位老护林员，一生勤俭劳苦。那时候小村庄里还没有电灯，只用煤油灯或豆油灯照明。

记得爷爷时常给我讲一些有名的乡里人物故事，讲的最多的是有个名叫李宝初的人，他平时生活上极其节俭，如何如何会过日子，所以后来成了当地有名的大财主。爷爷也把对我们后辈的教育，落实到了日常生活的细节中。比如，吃熟地瓜的时候，从来不允许我们剥皮，一定要连皮带蒂把儿一起吃掉；吃窝窝头的时候，一定要用另一只手接着可能掉落的渣渣，接住的渣渣一定要吃掉，一点儿也不能撒；无论是冬天还是夏天，在炕上睡觉时不能穿着衣服睡，以免磨损了衣服……这些生活上的小习惯，有的至今还在影响着我。

北方冬天的夜晚很长，乡下睡觉也很早，所以一到晚上，我就会缠着爷爷奶奶给我讲故事。他们能讲很多民间故事。记得爷爷用韵语给我出过一组谜语，每一句都要猜出一种动物："上山直溜溜，下山滚粯馏，摇头梆子响，光洗脸不梳头。"（"粯馏"是一个方言词，那是胶东农家吃的一种用红薯面、玉米面或黄豆面混合做成的窝窝头，是"粗粮"。）这四种动物分别是狐狸、野兔、驴子和猫。

奶奶给我讲的故事就更多了，什么"金粪筐和银纺车的故事""小红点的故事""灯花姑娘的故事""狗尾巴草的故事”等。长大后我开始写作了，奶奶讲的这些故事，都被我写成了一首首美丽的童话诗。夜晚，奶奶讲故事时舍不得点油灯，所以留在我记忆里的这些故事，总是伴着映在纸窗上的月光和摇晃的树影。这种情景，与俄国诗人普希金小时候在夜晚听奶妈给他讲《渔夫和金鱼的故事》等民间传说的时光颇为相似。所以，后来我有一年去俄罗斯访问时，还特意去过普希金小时候住过的那个村庄，为的是去看一看普希金童年时经常坐在一株老椴树下读书和幻想的那块林中空地。那里曾有一株孤零零的老椴树，小普希金觉得它像童话里的“树王”。

一本好书，一个美丽的故事，就像一根小小的划燃的火柴，照亮了童年时漆黑的夜晚。

小时候我还读过一些并不成套的《儿童时代》杂志，记得里面有个科普知识的小栏目，叫“万宝全爷爷信箱”，这是一个小百科知识栏目，让我学到了很多实用的科普知识。比如有一期讲到绿色植物成长最好的时刻，是雨过天晴、阳光明媚、最好还能出现彩虹的时刻。这样的“冷知识”，我至今都没有忘记。

在我的童年时代，对我产生过影响的人，还有我的叔叔。他是我童年和少年时代学习的榜样。他年轻的时候就离开老家入伍参军了，在中国人民解放军海军北海舰队成了一名海军战士。他们的舰队先驻扎在青岛，后来驻扎在上海。我还记得他所在的那艘军舰叫“高邮湖”号。叔叔那时候寄回来不少“见字如面”的家书，每次收到家书，都是我念给家人听。信里面写到在大海上航行和大上海的一些情景，这些总让我心驰神往。现在想来，吸引着我的不仅有书信里的“远方”，还有对我产生过潜移默化的“文学启蒙”作用的隐藏在书信里的文采。

童年的经历和体验，也往往是作家最好的写作素材。我写过一本绘本故事《纪念碑下的小花》，就是以爷爷的故事为原型的。爷爷当年是参加过抗日战争的游击队员，为了保卫自己的家乡，他和他的弟兄们一道，在胶东半岛的山冈上，在密密的青纱帐里，和日本侵略者英勇地战斗过。他的两个儿子，也就是我的两位伯父，都牺牲在了保卫家乡的战场上。爷爷年老的时候，就在家乡的山冈上风雨无阻地守护着、巡视着他的那些好兄弟和儿子们的墓地。

那时候在乡下，火柴还是十分珍贵的，爷爷抽旱烟的时候，从来不舍得使用火柴，只用古老的打火石和火镰来点旱烟，这样可以把火柴节省下来，留给奶奶做饭引火用。我还写过一本被翻译成法语、韩语、日语等多种外文版本的绘本《爷爷的打火匣》，写的也是和爷爷一起度过的那些时光，特别是对爷爷的打火匣的记忆。爷爷去世也有五十多年了，现在，就算是在最偏远的山村，也没有谁再会使用打火石和火镰了。这时候我再想起爷爷的打火匣，想起爷爷的打火石和火镰在漫长的冬夜里擦出来的小小的金色火星，那简直就是童话般的火光，是划过我童年的文学的“火种”。所以我说，一个美丽的故事，就像一根小小的划燃的火柴，可以照亮童年时漆黑的夜晚。

爷爷一生勤俭清白的懿行美德，也是我心目中最好的“家传”，永志不忘。因为写了好几个跟爷爷有关的故事，我也获得了一点儿最真切的写作感受，或者说是写作经验：只有自己亲身经历过和体验过的生活，才是最好的创作素材。虚构和想象是靠不住的。这就像屠格涅夫说到自己的一个“创作秘密”：只有在乡村中才能写得好。

有位诗人说过：所有的诗篇都是旅程。也就是说，作家的每一篇作品，都可能是他的“自传”，是他心路历程的记录。例如《丑小鸭》《海的女儿》，是童话家安徒生的“心灵自传”；《小王子》是安托万·德·圣埃克苏佩里留给世界的“精神传记”。

我在十五六岁的时候，读到了高尔基的自传体小说三部曲《童年》《在人间》《我的大学》，也读到了艾芜的小说《南行记》，从此牢牢地记住了小说里的这些句子和道理：“生活条件越是困难，我就觉得自己越发坚强……人是在不断反抗周围环境中成长起来的。”“就是这个社会不容我立脚的时候，我也要钢铁一般顽强地生存！”我后来创作成长小说《少年行》《再见，小恩》时，就是以这些留在心底的阅读记忆为“精神底色”的，它们是我心目中的励志小说的“文心”式的东西。

读者从我的《少年行》等小说里可以看到，一个贫穷的、孤独的乡村少年，是怎样得到和加倍珍惜一些难得的文学书，又是怎样在一位女同学的鼓励下，展开了自己文学梦想的翅膀，并且在同学的帮助下发表了第一首诗歌，最终成为一名作家的。在《少年行》这本书中，文学的梦想和对书的渴望与珍惜，始终是少年主人公童年和少年时代最温暖的源泉之一。文学温暖童年，阅读滋润成长。这也是我从个人成长中得到的最真切的感受。

少年时代，还有一次让我难忘的阅读经历：我在家乡小镇上买到了诗人白桦的一本薄薄的儿童小说《小溪奔向海洋》。

这本小说讲的是一个名叫顾杰的苦孩子，只有十三岁，却成为了一名光荣的“小八路”。小顾杰从此走上了革命道路，在一次次的任务中磨炼了意志、增长了智慧，最终成长为一名杰出的战士。这本小说字里行间流淌着美丽的诗意，散发着浓浓的抒情气息，我一直没有忘记。

在小说一开头，白桦先向读者提出了一个问题：“谁知道江河是怎么形成的吗？”接着，他用一段优美的散文诗般的语句，回答了这个问题：所有汹涌澎湃、浩浩荡荡的江河，都是由许多小溪汇成的，它们经过了无数的曲折，找到了共同的方向，拥有了不可阻挡的力量，然后坚定不移地前进着，前进着，奔向海洋，奔向太阳……

三十多年前，当我坐在故乡高高的瓜棚上，读着这本小说的时候，眼前有一条清亮的小河，正在哗哗地奔向远方。而在不远的地方，在大山的那边，辽阔的大海正在涌动着不息的潮声，好像是在召唤着我向它奔去。我当时也曾想象过，自己就像故乡的一条小溪，正在积攒着一点一滴的水珠和奔流向前的力量。是啊，小溪奔向海洋，这是一个多么坚定、庄严和美好的目标啊！我能做到吗？坐在故乡的小河边，我曾这样问过自己。

因此我觉得，一部优秀的文学作品，一定是引导和照耀着少年读者精神前途的明亮灯火。在少年的成长过程中，诸如善良、自信、勤劳、感恩等美好的品质，都是不可缺失的。文学，永远不要在这些字眼面前失语或缺席。

2016年，在初冬时节的北京，我坐在人民大会堂里，聆听着习近平总书记在中国文联十大、中国作协九大开幕式上的讲话。习近平总书记殷切嘱咐作家们，应该“善于在幽微处发现美善、在阴影中看取光明”，他还引用了列夫·托尔斯泰的一段话：“如果有人告诉我，我可以写一部长篇小说，用它来毫无问题地断定一种我认为是正确的对一切社会问题的看法，那么，这样的小说我还用不了两个小时的劳动。但如果告诉我，现在的孩子们二十年后还要读我所写的东西，他们还要为它哭，为它笑，而且热爱生活，那么，我就要为这样的小说献出我整个一生和全部力量。”我在心里把这样的话语奉为圭臬。

我去俄罗斯访问时，除了拜谒普希金小时候住过的村庄，他就读过的皇村中学，还特意去了托尔斯泰的故乡图拉州的亚斯纳亚·波良纳镇，到他的庄园和他耕耘过的田野上盘桓了一个下午。

亚斯纳亚·波良纳的田野上，生长着很多高大的老苹果树，树上结满了红苹果。熟透的苹果落在树下的草地上，成了鸟雀们的午餐和晚餐。辽阔的田野上空，飘浮着大团大团洁白的云朵。托尔斯泰晚年时，喜欢穿着宽松的棉布衣服，拄着一根手杖，在这样的云朵下徒步。走累了，就回到庄园，坐在安静的谷仓边读书和写作。

走在深秋时节的田野上，我不时地留心观察着脚下。我心里暗暗期待着：能不能幸运地发现插在地上的一根“绿树枝”呢？

托尔斯泰五岁时，他的哥哥尼古拉告诉过他一个“秘密”，说是谁能把这个秘密解开，世界上就不再有贫穷、疾病和仇恨。哥哥还告诉他说，这个秘密写在一根“绿树枝”上（有的翻译家把“绿树枝”译作“小绿棍”），就埋在附近的小路边或田野上。

这个“绿树枝”的故事，让幼小的托尔斯泰从此心驰神往。寻找那根神奇的“绿树枝”，不仅成了托尔斯泰童年时最喜欢的游戏，也成了他一生的使命。人们说，这位伟大的文学家毕生都在寻找那根能给世界带来幸福、健康和友爱的，让人们摆脱贫穷、疾病和仇恨的“绿树枝”。

最伟大的作家，不就是那些寻找“绿树枝”的人吗？美好的故事就是光明。最美好的作品，也应该给人们带来幸福、梦想和光明，能够指引人们去找到快乐和幸福，给人们送去实现梦想的信心和力量。阅读文学，热爱文学，并且相信文学，愿意付出自己的一生，去寻找那根童话故事里的“绿树枝”。这是文学的魅力，也是阅读的魅力。

世界上没有两片叶子是相同的，作家们更是各有各的个性风采。我在这本书里，也想尽力把每一位作家最真实的个性特点和最伟大的创作成果展现出来，同时也让读者领略到使人类精神之树常绿的一些共同的秘密。文学的根本，是为了拓展人的精神，是要为心灵寻找一个美好的方向。巴金老人曾这样说过：“我写作不是我有才华，而是我有感情，对我的祖国和同胞，我有无限的爱……”

所以，亲爱的少年朋友，我希望你们打开的这本书，不仅仅是一本文学故事集，一本探寻和发现作家创作的“秘密”与“秘诀”的书，也是一本励志的书，一本温暖的“爱的教育”和美德之书……

徐鲁

每个字里都有春天

编舟人

——叶圣陶的故事

*

红蓝铅笔就像小小的船桨，划动着书本的小船……

星星在夜空闪烁，弯弯的月牙儿像一只捉迷藏的小船，一会儿躲进飘过的云朵里，一会儿又悄悄露出尖尖的船头……

夜色已深，家人都入睡了，可是，叶圣陶爷爷还在挑灯笔耕。淡淡的月光从窗外照进来，好像在偷看稿纸上写的是什么。

这是 1955 年初夏的一个夜晚。六十一岁的叶爷爷正在为小学生创作童谣《小小的船》：

弯弯的月儿小小的船，
小小的船儿两头尖，
我在小小的船里坐，
只看见闪闪的星星蓝蓝的天。

童谣写完了，他轻轻吟诵了好多遍，然后又在日记里写道：

“多用叠字，多用 an 韵字，意极浅显，而情景不枯燥，适于儿童之幻想……二十年前在开明编小学生课本，即涉想及此，直至今日乃完成。”原来，这首童谣在叶爷爷心里，已经酝酿了二十多年！

在这个静谧的初夏夜里，叶圣陶爷爷想起了在江南水乡度过的童年时代……

夏至刚过，池塘里的荷花有的在盛开，有的结出了饱满的莲蓬。

采莲南塘秋，
莲花过人头。
低头弄莲子，
莲子清如水。

站在荷塘边，小圣陶一边欣赏着荷叶与荷花，一边摇头晃脑地背诵着父亲教他念过的古诗。

池塘四周生长着绿色的菖蒲和芦苇。小鱼们和水蜘蛛在快乐地嬉戏。清亮的水面映照着蓝天白云，碧绿的荷叶，粉红和粉白色的荷花，在微风中轻轻摇曳。远处是一片片快要成熟的稻田……

“真美呀！我们的江南，美丽的家乡……”

站在池塘边，小圣陶觉得自己也变成了一枝露出尖尖角的小荷，散发着清香。蜻蜓飞过来，告诉他清早飞行的快乐；小鱼从荷叶下游过来，告诉他昨晚做的美梦……

有时候，小圣陶也坐在小椅子上，一边看母亲做针线，一边听母亲吟唱有趣的歌谣：

天上一个月亮，
水里一个月亮。
天上月亮尖尖，
水里月亮弯弯。
天上月亮挂秋千，
水里月亮当小船。

他把这些歌谣都牢牢地记在心里，一直到晚年，也没有忘记过。

苏州城里，到处都是弯弯的小河和小石桥。小石桥下面，小小的乌篷船来来往往，运送着稻谷、蔬菜，还有从外地回来的人。

小圣陶也经常跟着母亲，坐着乌篷船去看望外婆。小船驶过一座小桥又一座小桥……

上小学时，小圣陶常和一位要好的小伙伴去香坊里玩耍。

香坊里有一头大水牛，长着一对弯弯的大角，总在默默地拉着碾制线香原料的石碾子，不停地转着圈儿，把碾台上的木屑香料碾成细细的粉末。大水牛眼里，好像含着一汪晶莹的泪水。

“大水牛，你有什么伤心事吗？你是不是太辛劳了？”站在默默无语的大水牛面前，小圣陶仔细观察了好久好久……

有时，他还特意带去一些黄豆和玉米棒，放到大水牛的嘴边。大水牛吃完了小圣陶带去的“美食”，抬起头“哞哞”叫唤了两声，好像在表达它的谢意。从大水牛身上，小圣陶懂得了什么是劳作者的艰辛，什么叫默默的奉献。

1912 年 1 月，叶圣陶在草桥中学已度过了五年时光。毕业的离歌响起，同窗伙伴们依依惜别……

因为家境贫寒，叶圣陶想尽快找到一份工作，挣到一点儿薪水，好接济一下年迈的父母。不久，他当了一名小学教师。

穿着朴素的蓝布长衫，还不满十八岁的叶圣陶第一次登上了小学讲台。这是他的教育梦想开始的地方……

小学里开设了种植蔬菜的“劳作课”，小学生们都很喜欢。叶圣陶耐心地告诉小学生们：种植蔬菜时，菜根要在土里埋多深；两株菜苗间的距离有多宽；浇水时应该从根部浇还是从茎叶上浇……

有月光的晚上，他会带着小学生们来到菜地里捉小青虫。他一边捉虫，一边教大家认识哪些是益虫，哪些是害虫。

1917 年春天，油菜花开满江南田野的时候，叶圣陶和新婚的妻子乘着乌篷船，来到了美丽的甪直小镇。

叶圣陶在这个古朴、安静的江南小镇上教书、生活了五年多。后来，他把这个亮晶晶的小镇比作哺育自己的一个摇篮。他的教育和文学梦想，就在这片春水浸润过的草地上生根、发芽，留下了一条美丽的花溪。

深秋时节，一株已有上千年树龄的银杏树，满树的叶子都变成了金黄色。秋风一吹，遍地都是金黄耀眼的“小扇子”。

叶圣陶喜欢坐在银杏树下批改作业。金黄色的银杏叶，轻轻落在他的肩上……

他和小学里的校长、老师们一起，在一块宽敞的地方，搭建了一个小小的戏台。他亲自编写小剧本，教孩子们演戏。

有时候，他还和同事、学生一起登台演出。他扮演一个鼻子下留着小胡子的老头儿，演得活灵活现。这是小镇上从没有过的新鲜事儿，很多大人和小孩都跑来看他们演戏……

夜幕降临了，新月挂在柳梢上。夜航的小船渐渐远去，低低的橹声也听不见了。小镇上的人们，也许都已进入了梦乡……

只有叶圣陶的小阁楼上，还亮着橘黄色的灯光……

在静静的深夜里，在一盏小小的油灯下，他写出了《小白船》《一粒种子》《稻草人》《古代英雄的石像》等二十多篇童话故事。

清晨，戴着旧毡帽的农民摇着小船，靠近了小镇的河埠头。小船上装着他们刚刚收获下来的稻谷。可是，辛辛苦苦收获的稻谷，从来也卖不了一个好价钱。忧伤的神色，写在每个人的脸上……

望着一只只载着失望远去的小船，叶圣陶心里难过极了。十几年后，他把看到的一切，写进了《多收了三五斗》等小说里……

今天，人们来到小镇上，会看到河埠头的一堵门墙上，写着一个斗大的“米”字。这就是《多收了三五斗》里写到的“万盛米行”，米行里保存着当时常用的米斗、大秤、风车和算盘。《多收了三五斗》全文也写在米行的墙壁上，好让后来人记住，小镇上也曾有过这样忧伤和不平等的故事。

冬天说来就来了……一连几场大雪，盖住了学校的屋顶和墙头，老银杏树也变成了白发白眉的“老爷爷”。

在飞舞的雪花里，他带着五岁的儿子小至善，在雪地上堆起了一个高高的雪人，用鸡蛋壳做出眼睛，用胡萝卜做出鼻子和嘴巴……

雪人堆好了，他又教小至善唱起一首有趣的童谣：

雪花堆个雪弥勒，
袒着肚皮上面坐。
你在那里想什么？
为何向我笑呵呵？
我来对你唱个歌。
…………

春天里，叶圣陶带着小学生们来到青青的桑园里。孩子们有的爬到桑树上，采摘乌紫的桑葚吃；有的围在一起，仔细观察着在桑叶上蠕动的蚕儿……

在美丽的小镇上，在小小的讲台上，叶圣陶也像辛勤的蚕儿一样，不停地劳作着，吐出柔软、晶亮的蚕丝，编织着自己心中的梦想。

1923 年，叶圣陶二十九岁。他来到上海，先是在商务印书馆当编辑，后来又被好朋友邀请到开明书店，专心给小朋友们编写图书。

叶圣陶把自己比作一个“编舟人”，每天都在不停地修造着一艘艘小船，孩子们乘上小船，就能航行到最远的远方。

红蓝铅笔就像小小的船桨，划动着书本的小船……

《开明国语课本》是叶圣陶最喜欢的一套语文教科书。每一篇小小的课文里，都浸润着他的心血。

“先生，早。”“小朋友，早。”

这是第一册里的第三课：《先生早》。

为什么只有七个字呢？他想：开学那天，一年级小朋友第一次跨进校门，看到什么都是新鲜的，也是陌生的。“见到先生，应该上前鞠躬问好哦！”他们的父亲母亲也早就叮嘱过许多遍了。老师当然也会微笑着欢迎他们。

等到上课了，小朋友们翻开这一课时就会发现，刚才这温馨的一幕，原来已经写在课本里了，就连插图，也跟刚才的一幕一模一样呢！

他为小朋友们想得多么细致周到呀！

一年又一年过去了……叶圣陶为孩子们编写的童书，堆成了一座座美丽的小山。不知不觉，他的头发也变成灰白的了……

叶圣陶已经有了三个孩子。每次吃完饭，围在小小的饭桌上，他都会把准备编写进课本的故事和小知识，讲给孩子们听，观察孩子们有没有兴趣……这时候，全家人都成了他忠实的粉丝。

1949年，是每一个中国人永远难忘的年份。崭新的新中国，正在徐徐展开美丽的画卷……

在中华人民共和国诞生前夕，叶圣陶爷爷就开始组织全国的教科书编写工作了。崭新的课本，伴随着胜利的脚步，送到了孩子们手中。

同事们自豪地说，一包包课本，不也像一支“百万雄师”吗？“叶总司令”正在指挥着它们“横渡长江”呢！

1949年10月1日，中华人民共和国诞生了！第一面鲜艳的五星红旗，在天安门广场上高高升起来了！

叶圣陶爷爷牵着小朋友们的手，仰望着美丽的国旗，喃喃地说：这是我们自己的国家，我们要好好地热爱她，永远地热爱……

1950年12月1日，人民教育出版社成立了。

这是新中国专门负责全国中小学教科书研究、编写的出版社，毛泽东主席亲自为其题写了社名。叶圣陶爷爷担任社长兼总编辑。

叶爷爷每天是多么忙碌啊！他的文件包里，装满了为各个年级的学生们编写的课本。

1953年12月，新中国第一部现代汉语规范字典《新华字典》，由人民教育出版社正式出版。它是叶爷爷对每一个字、每一个标点符号仔细改定而成的。此外，《汉语大词典》《现代汉语词典》《辞海》《辞源》等一大批工具书，叶爷爷也都参与过编写或仔细审阅过。

这些工具书，也像一艘艘航船，帮助一代代小学生、中学生和大学生，还有无数渴求知识的成年人，在我们美丽的母语和五千年中华文化的河流上遨游,在辽阔无边的知识海洋里远航……

叶爷爷一天天变老了，变成了一位慈眉善目的老爷爷。可是，他依然还像小时候一样敬爱、孝顺自己的母亲。每天早晨，他都会去向母亲问安，陪她老人家聊天……

叶爷爷的孙女小沫，从小就跟在爷爷身边生活。小沫和哥哥经常看到，爷爷坐着小板凳，给老奶奶洗脚、捶背、剪指甲……

家里来了客人，叶爷爷都会站在门口躬身迎接。客人告辞时，爷爷总要亲自送到天井，再由晚辈送到大门口……

有时候，叶爷爷会戴上老花镜，一字一句地为小沫批改作文。初中一年级的时候，小沫写了一篇小散文《壁虎捉虫》。爷爷一字一句地把它修改成了一篇“范文”，后来，它还被选进了小学语文课本里。

有一次，家人陪着叶爷爷，走进中国儿童艺术剧院看演出。

可是，儿童剧院年久失修，无法接待小观众。叶爷爷心里很是焦急，就写了一篇文章，呼吁大家都来关心小朋友……

这天，叶爷爷收到一位乡村小学老师写来的一封信，信上说：虽然他收入很少，但愿意每月省下一块钱，捐献出来修缮儿童剧院……

全家人吃完饭后，叶爷爷给全家人念了这封信。

“可不要小看了这一块钱！你们想想，乡村里的小学教师，要省下一块钱多不容易，何况是准备每个月省下一块钱……”

说到这里，叶爷爷声音哽咽，说不下去了。平静了一会儿，他擦了擦眼睛，对全家人说：“只要把这股力量发动起来，捐一块钱不为少，捐十块钱不为多，大家一起出力，还有什么事是办不成的呢？”

全家人围在一起，不约而同地想出了一个好主意：把陆续出版的二十五卷本《叶圣陶集》的巨额稿费，全部捐献给国家……

慈祥的叶爷爷，就像春蚕吐丝一样，用默默的行动，回报着祖国母亲的恩情。

1988 年，温暖的春天到来了，美丽的海棠花又在幽静的四合院里悄悄盛开……

可是，这一年早春的一个清晨，一生都像蜜蜂和春蚕一样勤劳的叶圣陶老爷爷，永远合上了慈祥的双眼，就像静静地睡着了一样。

每一朵带着露水的小花都低垂着，好像在为叶爷爷哭泣。许多小蜜蜂也从远方飞过来，好像在为叶爷爷唱着送别的歌。

叶爷爷不在了，但他为孩子们编写的故事、字典和课本，还像一座座美丽的小山，堆在洁净的书桌上。

静静的春夜里，星星在闪烁，弯弯的月亮小船摇啊摇，淡淡的月光照在小书桌上，好像还在偷看叶爷爷留下的稿纸上写的是什么。

小橘灯

——冰心的故事

*

她的一生，像温暖的春水，像闪烁的繁星，像那盏永不熄灭的小橘灯。

小橘灯，散发着橘红色光芒的小橘灯，你在哪里闪耀？

是在遥远的年代里，那个大雾茫茫的夜晚，还是在一代又一代孩子的心上，在小读者们温暖和明亮的记忆里？

哦，让我们从这里说起吧——

坐在父亲的马车上，依偎在母亲的怀抱里，慢慢行驶在飘着落叶的秋天里，是婉莹觉得最幸福的时刻。

有一天，婉莹忽然走到母亲面前，仰着小脸问道：“妈妈，你到底为什么爱我呀？”

母亲放下针线，用面颊轻轻抵着婉莹的额头，温柔地说：“傻囡囡，不为什么，就因为你是妈妈的女儿呀！”

长大后，婉莹写下了这样的诗篇献给母亲：

母亲呵！

天上的风雨来了，
　鸟儿躲到它的巢里；
心中的风雨来了，
　我只躲到你的怀里。

有时候，她和弟弟一起折小小的纸船，轻轻放进小溪里。洁白的纸船慢慢漂远了，婉莹闭上眼睛，默默许了个愿。

多年后，她在《纸船——寄母亲》一诗中写道：

母亲，倘若你梦中看见一只很小的白船儿，
　不要惊讶它无端入梦。
这是你至爱的女儿含着泪叠的，
　万水千山求它载着她的爱和悲哀归去。

父亲是一位海军军官。婉莹从三岁起，就跟着父亲住在烟台的大海边。面朝大海的山坡、远去的帆影、海鸥的歌声，还有旗台、炮台、灯塔、海军码头、龙王庙……伴随着婉莹度过每一天。婉莹经常看到的和说话最多的人，是修理枪炮的工人、看守火药库的士兵，还有砍柴人、水手和军官。她从他们口中，听到了好多有关海的故事。

有时候，婉莹会跑到离家不远的海军训练营门口，和站岗的哨兵说话。这些哨兵不像军舰上的水兵那样穿着白色军装，他们的制服是蓝色衣裤，用蓝布包头，胸前有白线绣的“海军练勇”字样。

婉莹拉着一个小哨兵蹲下身来，好奇地抚摸着他的枪，问道：“你也打过海战吗？”小哨兵摇摇头，笑着说：“没有呢。”

“哦，我爸爸打过，不过他打输了！”婉莹笑着告诉小哨兵。

她是个坐不住的孩子，平时总是一身男孩装束，不是水兵服，就是夹克和马裤，从没穿过鲜艳的衣服。她没有布娃娃，没有穿过“耳朵眼”，也没有学过女红，从来也没有搽过胭脂，也没戴过花。

父亲下班后，喜欢骑一会儿马。每到傍晚时分，父亲会牵来两匹马，给它们喂足了草料，然后骑着去海边。每次骑马时，父亲都会带上婉莹。婉莹骑着一匹温驯的白马，父亲骑着一匹烈性的黄马，跟在后面。

有一天，婉莹想骑那匹黄马，父亲毫不犹豫地把她扶上了马背，还帮婉莹拉着缰绳。让父亲牵着缰绳走，实在有点儿丢人呢！好胜的婉莹央求父亲放开手，她想自己骑着跑两圈儿。父亲刚一松手，黄马就奔跑起来。“看，黄马被我征服了！”婉莹得意地大笑起来。

夕阳慢慢地沉入大海，漫天的霞光渐渐地消散了。远处小岛上的灯塔，又一闪一闪地发出了亮光。

“爸爸，快看！灯塔又亮了！”婉莹指着灯塔，告诉正抱着膝头望着海上落日的父亲。

“是啊，灯塔亮了，出海的渔人都该回家了。”父亲喃喃地说。

“爸爸，烟台的海边真美啊，不是吗？”婉莹想让父亲高兴一点儿。父亲说：“咱们中国的海岸，好看的港湾多的是呢！何止一个烟台？还有威海卫啊，大连湾啊，青岛啊，都是那么美，那么美……”

“爸爸，什么时候你带我去看一看吧！”婉莹用期待的目光望着父亲。

这时候，父亲站起身，捡起一块鹅卵石，狠狠地向海面上扔去，说：“可是，那些港口，现在都不是咱们中国人的，威海卫是英国的，大连湾是日本的，青岛是德国的……但是孩子，你要记住，美丽的威海卫、大连湾、青岛……也都是我们的！将来终有一天，这些美丽的半岛和海湾，都要回到我们自己的手中……”

父亲参加过1894年的甲午海战。每当想起这场海战，父亲的眸子里总会闪烁着泪光。婉莹懂得，在父亲心里，甲午年的隆隆炮火声，时刻都在回响；祖国的每寸疆土，都神圣不可侵犯……

父亲的话就像一粒粒种子，播撒在婉莹的心田里。

婉莹在大海边度过了八年的童年时光。大海，成了她童年时代最深刻的记忆，也成了她后来作品里一个恒久和美丽的主题。

她在诗集《繁星》里这样写道：

大海呵！
哪一颗星没有光？
哪一朵花没有香？
哪一次我的思潮里
　没有你波涛的清响？

1913年的秋天，银杏树叶变黄的时节，父亲和母亲带着婉莹和弟弟来到北京，全家人住在东城铁狮子胡同的一座四合院里，一住就是十六年。

第二年，婉莹进入北京贝满女子中学念书。这所校园里洋溢着浓厚的善与爱的气息，它们就像雨露一样润物无声，滋润着婉莹的心，也渐渐培养了她心中的“爱的哲学”。长大后，她一生都坚信：“有了爱，就有了一切。”

入学不久，婉莹就确定了自己的理想：当一名医生，治病救人。父亲鼓励她说：“西方人一直把中国视为‘东亚病夫’，中国需要良医啊！”婉莹搂着母亲说：“妈妈一直患有肺病，选择学医，以后我就能给妈妈看病啦。”

对母亲的爱与感恩，时刻伴随着婉莹的成长。婉莹一天天地在长大。婉莹已经有了三个弟弟，她每天要讲好多故事给弟弟们听。从书上读来的故事不够讲了，她就开始自己编故事，一年里能给弟弟们讲上三百多个呢！

又一个秋天到来了。美丽的西山，又变成了一片金黄色和深红色。1918 年，十八岁的婉莹以全班最高分的成绩从贝满女中毕业，直接升入北平协和女子大学。

就在婉莹朝着医学理想继续走下去的时候，一声惊雷，震醒了古老的北京城——1919 年 5 月 4 日，伟大的五四运动爆发了。

“还我山东！还我青岛！”婉莹和同学们都高举起标语和旗帜，走上大街，加入了爱国青年的行列……

校园里的宁静和沉闷被打破了。每一位爱国学生的心中都燃起了正义的火焰。婉莹和同学们一起拿起笔，用白话文作武器，向着封建制度和帝国主义“开火”了！青年们要用新思想、新文化，去换取古老中国的新生……

五四运动也改变了婉莹当医生的理想。她说：“五四运动的一声惊雷把我‘震’上了写作的道路。”1919 年 9 月，《晨报》连载了她写的白话小说《两个家庭》，署名“冰心”。这是她第一次使用“冰心”这个笔名。

为什么取名“冰心”呢？她曾解释说：一是这两个字笔画简单好写，也包含了“莹”的意思；二是最开始发表作品，怕别人笑话，就用“冰心”代替了真名。

让婉莹改变了学医的理想，还有一个原因。本来，她很想做一名医生，可以救治患肺病的母亲和更多的病人。可是有一次体检，校医发现她也有轻微的肺病，不适合再继续学医。经过家人的劝说，她忍痛放弃了当医生的梦想。

1921 年 8 月，婉莹毕业后，进入燕京大学学习国文。诗歌和文学的天空展开在她的面前，她从婉莹变成了“冰心”。

嫩绿的芽儿，
　和青年说：
“发展你自己！”

淡白的花儿，
　和青年说：
“贡献你自己！”

深红的果儿，

和青年说：
“牺牲你自己！”

受到印度诗人泰戈尔《飞鸟集》的影响，婉莹开始创作这样的小诗。1923 年，她出版了《繁星》《春水》两本诗集，表达的都是一些“零碎的思想”。她抒发了对母亲、儿童、大自然的热爱，也写下了许多对年轻人的忠告，例如：

弱小的草呵！
骄傲些罢，
只有你普遍地装点了世界。

成功的花，
人们只惊慕她现时的明艳！
然而当初她的芽儿，
浸透了奋斗的泪泉，
洒遍了牺牲的血雨。

雪落在中国北方的原野上……

在大学期间，冰心多次和同学们一起走进乡村，为贫苦的农民开办夜校，教他们识字、念书。冰心还被学生会任命为“夜校校长”呢。

夏天来了，蝉儿开始在柳树上高唱。长满冬青树的校园里，也响起了毕业的离歌。

1923 年 7 月，在庄严、隆重的毕业典礼上，冰心从校长手中接过了毕业证书和文学学士学位证书。因为成绩优秀，冰心还获得了去美国韦尔斯利学院留学的资格。

“慈母手中线，游子身上衣。”母亲为将要远行的女儿缝着衣衫。冰心舍不得离开母亲和其他亲人，紧紧依偎在母亲身边，哽咽着喊着：“妈……”眸子里噙着晶莹的泪花。

小时候的纸船，变成了远航的大船，载着依依不舍的冰心，驶离了祖国的海岸。已经看不见站在岸边送别的亲人了，但冰心还站在船舷边挥舞着手绢……

也是在这个夏天里，冰心在《晨报副镌》的“儿童世界”发表了第一篇写给小读者的通讯——后来收入《寄小读者》的“通讯一”。她在信中向小朋友们“承诺”说：“小朋友，我要走到很远的地方去……以后的通讯里，能告诉你们些略为新奇的事情。——我去的地方，是在地球的那一边……”

在美国留学的日子里，冰心果然兑现了自己许下的诺言。

在湖畔的长椅上，在金色的草地上，在窗外闪着繁星的静夜里……她为小朋友们写了一篇又一篇优美的通讯，并一一寄回祖国。

在其中的一封通讯里，她回忆了一件小事：有天夜晚，她正在灯下看书，桌下悄悄钻出一只小老鼠。小老鼠很小很小，长着浅灰色的嫩毛，有一双明亮的小眼睛。她好奇地俯下身，用手里的书本盖住了它……

没想到，这个举动竟然伤害了身体柔软的小老鼠。小老鼠蜷缩在地上，一动不动了！

这一瞬间，冰心难过得流下了眼泪——既为小老鼠受到的伤害，也为自己的鲁莽感到后悔。她想：小老鼠是第一次出来觅食吧？不见它回家，鼠妈妈在窝里该多着急呀！

她用自己亲身经历的这件小事告诉小朋友们：一定要学会去爱护和尊重那些弱小的生命，对世界，要怀着一颗爱心……

从 1923 年夏天到 1926 年秋天，冰心写了二十九篇“寄小读者”。她在通讯里也记下了自己在远方的生活和学习的点点滴滴，记下了对祖国和亲人们的思念……

如今，《寄小读者》已经成为中国儿童文学的一本名著，滋润着一代又一代小读者的心灵。

大雁排着“人”字形，从异国的天空飞过。秋风起了，她好像听到，远方传来了母亲唤归的声音……

1926 年秋天，冰心回到祖国，在母校燕京大学担任助教。校园里的红玫瑰在悄悄盛开。三年后，二十九岁的冰心披上洁白的婚纱，和自己的恋人、从美国归来的吴文藻教授，结成了终身伴侣。

春风吹过杨柳依依的未名湖畔……

1931 年春天，冰心的长子吴平出生了。坐在湖畔的长椅上，她轻吟着手上的英文诗集，安静地守护着自己的孩子。金色的阳光，照耀着婴儿车里孩子的小脸，也照耀着美丽和幸福的母亲。

可是，和平和幸福的时光是那样短暂。1937 年 7 月 7 日，震惊中外的卢沟桥事变爆发了，中华民族进入了全面抗战时期。

1937 年 11 月，冰心的第三个孩子、女儿吴青出生了。

这时，古都北平已经陷入日本侵略者的铁蹄下。冰心和吴文藻都是正直爱国的知识分子，岂愿在日寇的铁蹄下忍辱偷生？他们悄悄作好了背井离乡的准备……

国破山河在。1938 年夏天，冰心一家离开北平，踏上了颠沛流离的长途……

弯弯的月亮，挂在山村客栈外的树梢上。冰心在一篇散文里写道：“我走……没有一星留恋。在那高山丛林中，我仰首看到了一面飘扬的旗帜……”

她坚信，抗日的烽火正在燃烧，中华民族永远不会亡！有一天，他们一定还会返回美丽的古都！

母亲是冰心一生最孝敬的人，可是母亲在1930年就离开了她。当战乱年月把冰心一家驱赶到了西南边陲的小山村时，她又听到一个噩耗：她敬爱的父亲也去世了！

“烽火连三月，家书抵万金。”冰心捧着弟弟的来信，悲痛的泪水打湿了信笺……

雪落在中国的土地上……国难当头，寒冷正在吞噬着祖国的山河。寒夜里，冰心紧紧搂抱着生病的女儿，盼望着和平的日子和温暖的春天快快到来。

1940年冬天，冰心一家离开西南边陲的小山村呈贡，辗转来到重庆暂住。在敌机不断的轰炸声中，她又断断续续地为小朋友们写起了《再寄小读者》。

她以自己对母亲的敬爱与怀念，祝福小朋友们：“有母亲的小朋友，愿你永远生活在母亲的恩慈中。没有母亲的小朋友，愿你母亲的美华永远生活在你的人格里！”

她用温暖的文字，安慰和鼓励着处在战争阴影下的小朋友们：“生命又像一棵小树，他从地底聚集起许多生力，在冰雪下欠伸，在早春润湿的泥土中，勇敢快乐地破壳出来……在雨中吟唱，在风中跳舞。”

1945 年 8 月 10 日夜晚，山城重庆灯火通明，焰火怒放。日本侵略者投降了！艰苦卓绝的抗日战争终于结束了！这是无数的中国人用流血、牺牲和奋斗换来的胜利！

嘉陵江边的橘子红了。冰心一家结束了颠沛流离的生活，重新回到了北平。

成群的鸽子在空中飞翔；嘹亮悠扬的鸽哨，好像在传递着和平的消息……

1949 年 10 月 1 日，美丽的五星红旗，飘扬在新中国的蓝天上。

在新中国灿烂的霞光里，冰心开始了新的生活，她还为小朋友们创作了《陶奇的暑期日记》《我们把春天吵醒了》等新作品。

1957 年新年刚过，她又写了一篇优美的散文《小橘灯》。故事讲的是重庆歌乐山下的一个小女孩，她的父亲是地下党员，“出远门”去了。在困难和黑暗的年月里，小女孩用弱小的身体，坚定、勇敢地挑起了照顾母亲、面对困境的重担……

有一天，冰心去看望一位朋友时，认识了这个小女孩。在浓雾弥漫的夜晚，在简陋的小屋里，小女孩用一个大橘子的皮和一截蜡烛，给冰心制作了一盏美丽的、闪耀着橘红色微光的小橘灯。

冰心用小木棍挑着小橘灯，走在黑夜里弯弯的山道上。小橘灯的光芒，好像能把黑夜里的大雾照穿，让她感到眼前有无限的光明……

“不久，我爸爸一定会回来的。那时我妈妈就会好了，一定！”“我们大家也都好了！”坐在明亮的书房里，冰心又想起小女孩对她说过的话，忍不住的泪水又在眼中打转……

她写道：“每逢春节，我就想起那盏小橘灯。十二年过去了，那小姑娘的爸爸一定早回来了。她的妈妈也一定好了吧？因为我们‘大家’都‘好’了！”

冰心第一次写《寄小读者》的时候，还是一位小姐姐。1958年春天，窗外的海棠花盛开的时候，已经成为奶奶的冰心，又拿起给小朋友们写信的笔，继续写起了《再寄小读者》。

小朋友，从我第一次开始给你们写通讯算起，不止十年，乃是三十多年了。这三十多年之中，我们亲爱的祖国，经过了多大的变迁……我们都是幸福的！我总算赶上了这个时代，而最幸福的还是你们，有多少美好的日子在等着你们来过，更有多少伟大的事业等着你们去作呵！

…………

我心中充满了喜悦。窗外晚霞在天，新月已出，大院里小孩子欢笑奔走的声音，在凉爽的晚风中荡漾……小朋友，我们多么幸福……多少伟大辉煌的事迹，都让我们看到了！

《再寄小读者》字里行间抒发了冰心奶奶对新中国新面貌的赞美，以及作为一个中国人的欢欣与自豪。她殷切地鼓励小朋友们要热爱祖国，珍惜今天和平、幸福的生活，为将来建设更加美丽、富强的国家，去努力学好文化知识和各种本领。

海棠花年年春天都会盛开，冰心奶奶一直在孜孜不倦地为小朋友们写作。当时光的脚步快要迈入20世纪80年代的时候，年近八十岁的冰心奶奶，又坐在窗户边，为小朋友们写出了十篇《三寄小读者》。

小朋友，记取，春天来了！

五十年前，她这样对小朋友说；五十年后，她仍然坚信：“春天在哪里？春天在孩子们的心中。”她告诉小朋友们：“我将永远和你们在一起……”

1999年2月28日，一个静静的春夜里，九十九岁的冰心奶奶，在亲人们轻轻的呼唤声中，安详地闭上了慈祥的眼睛。

女儿吴青从被子下握着母亲的手，觉得母亲的手还是那样软软的、暖暖的，母亲就像静静地睡着了一样。

冰心奶奶说过：“我的生命的道路，如同一道小溪，从浅浅的山谷中，缓缓地、曲折地流入‘不择细流’的大海……”

冰心奶奶的一生，还有她写给小朋友的每一本书，像温暖的春水和清澈的小溪，像宽广的大海和闪烁的繁星，也像那盏闪耀着橘红色光芒、永不熄灭的小橘灯……

林海音与《城南旧事》

*

当我们叹息日薄西山、星辰消逝、夏日结束的时候，
我们总会无限怀念那远去的童年时代。

诗人朗费罗说，在他的想象与记忆里，一直站立着这样一个孩子："他从未受过教育，毕业于田野和市井小巷，但他将成为一位艺术大师，或成为一名海军，在思想的海洋里自由游弋。"童话大师林格伦甚至宣称，世界上只有一个孩子能够给她创作的灵感，那就是"童年时代的我自己"。"那个孩子活在我的心灵中，一直活到今天。"她深有感触地对同行们说，为了写出一篇好的作品，"你必须回到你的童年里去，回想你童年时代是什么样子的"。当代女作家、茅盾文学奖获得者迟子建也这样谈到童年与文学的关系："没有我童年的经历，是不可能有我的写作的。一个作家的童年经验，可以受用一生。童年的经验就像一颗永不泯灭的星星一样，能照亮你未来的写作生活。"

是的，当我们历尽了人世沧桑、熟谙生命的种种艰辛与磨

难之后，当我们叹息日薄西山、星辰消逝、夏日结束的时候，我们总会无限怀念那远去的童年时代。没有谁会拒绝重新体验一次童年生活，没有谁不留恋那无忧无虑的黄金时光。也许，只有回忆起童年来，我们的心里才会充满最透明的诚挚和热爱；只有童年，才能使我们从一次又一次的失望里，得到重生，获得新的希望和梦想。

林海音有好几篇作品被选入了中国的小学《语文》课本，其中一篇《冬阳·童年·骆驼队》，选自她的自传体儿童小说名著《城南旧事》，是《城南旧事》一书的“出版后记”。

林海音一生居住时间比较长，也最让她难忘和想念的地方，是北京和台湾。她写过一本散文名著《两地》，写的就是她在这两个地方的生活经历。北京是林海音长大的地方，她的童年和少年时代是在这个美丽的古都（当时还叫北平）度过的。台湾是林海音的故乡和成年以后的居住地。她多次说，她这一辈子都没离开过这两个地方，她以能和这两个地方结下不解之缘为幸、为荣。一颗乡心，两地分飞；一对翅膀，双倍乡愁。她在《两地》的“自序”中这样写道：“总希望有一天喷射机把两个地方连接起来，像台北到台中那样，朝发而午至，可以常来常往，那时就不会有心悬两地的苦恼了。”她的这个心愿现在正在渐渐变为现实。故土是温暖的，云路是迢远的，但拆除人为的樊篱，终究是人心所向，众望所归。

《城南旧事》因为改编成了同名电影而家喻户晓。这首先得归功于林海音将原作写得朴素真切和委婉动人。古老的北平风貌，浓厚的乡愁与乡情，以及主人公小英子的善良、纯真与早熟……都写得极好。这本仅有几万字的自传体小说，对很多儿童文学作家的写作也产生了影响。《冬阳·童年·骆驼队》里有这样几句对话：

夏天来了，再不见骆驼的影子，我又问妈：

“夏天它们到哪里去？”

“谁？”

“骆驼呀！”

妈妈回答不上来了，她说：

“总是问，总是问，你这孩子！”

夏天过去，秋天过去，冬天又来了，骆驼队又来了，但是童年却一去不还……

多么简洁、清丽和朴素的文字，又那么有味道！《城南旧事》的叙述语调，是清丽的、散文化的，也充满了淡淡的、富有诗性的韵味。

林海音的女儿夏祖丽曾介绍说，《城南旧事》最开始创作于1955年，是由几篇短篇小说连接起来的。《城南旧事》写的几乎就是林海音自己的真实经历，不过也融入了许多艺术元素。小说通过一个儿童的视角观察成人世界，表达作家对世界的看法，结果是悲伤的、哀婉的，作家自己的童年也就在这样伤感的情绪中结束了。夏祖丽说，她的外公在北京搬了几次家，最后才落脚到"晋江会馆"（小说里的"惠安馆"就是以这个会馆为原型的），因为在那里都是台湾乡亲，所以林海音第一次从台北回北京时，首先就回到半个世纪以前的城南，寻找"南柳巷42号"那个家。在那里，她见到了会馆已故长工老王的女儿王秀贞，王秀贞从床底下把保存了几十年的"晋江会馆"的匾额搬出来，同她合影留念。

小说里的小英子毕业时，和同学们一起唱李叔同的《送别》：

长亭外，古道边，芳草碧连天。晚风拂柳笛声残，夕阳山外山。天之涯，地之角，知交半零落。一壶浊酒尽余欢，今宵别梦寒……

《城南旧事》的电影里，自始至终都以《送别》为背景音乐，给人带来无限的回味和惆怅。

这种惆怅和委婉的风格，自然也保留在《两地》之中。其中写北京的那一部分，大都是对老北京社会底层人的家常生活和淳朴风习、风物的回忆，是一种亲切的“怀旧”。其中写到了换取灯儿（火柴）的老妇，给人缝织阴丹士林布衣服的大姑娘，“富连城”科班里的小演员，虎坊桥的老乞丐，文津街的历史感，文华阁的剪辫子，都是旧时代小人物和他们的生活，还有作家对他们的同情与怀念。

晚年的林海音也常常向朋友们自夸，从前在北平，自己闭着眼都能走回家，尤其是家住在虎坊桥，在这样一条热闹的大街上，每天从早到晚所看见的事物，使她常常琢磨的人物和事情可太多了。她说，她的心灵，在那小小的年纪里，便充满了对人世间现实生活的怀疑、同情、感慨、兴趣等情绪。儿时的故都，给了林海音最初的现实人生的观察和体验，同时也在林海音的心中留下了剪不断的乡土情结。她说过：“我漫写北平，是因为多么想念她，写一写我对那地方的情感，情感发泄在格子稿纸上，苦思的心情就会好些。”

《城南旧事》用恬淡的散文笔调，从不同的角度尽情地表达了她的这些乡愁与怀念，同时也刻画了许多令人难忘的人物形象。我们在阅读这部作品时，可以感受到林海音对这些人物的熟悉、热爱与同情。

例如，“惠安馆”里的“疯子”秀贞。这一章里有个细节：有一阵子，秀贞经常在仔细地打扫蚕屎，预备装成一个小枕头，送给她一直在痴情地等待着的思康三叔，因为他每天看书，秀贞怕他把眼睛看坏了，而蚕屎是明目的。等秀贞养的那盒蚕儿开始吐丝了，她还想用这些蚕丝，做一个小丝袋，给她的女儿小桂子装墨盒用呢！这样的细节，把秀贞的善良、痴情刻画得细致入微，令人为她不幸的遭遇感到心疼。

又如在“我们看海去”那一章里，那个憨厚、质朴、和善的，让英子幼小的心感到特别亲切和惦念的“小偷”，还有“小偷”宁愿自己担惊受怕、吃苦受累，也要一心帮助和扶持长大成人的勤奋好学的弟弟，这些人都被刻画得让人难忘。从这个小偷身上，小读者们可以像英子一样，认识到人性和生活的复杂性。这一章结尾，那个“小偷”被便衣盯住并给抓走了，妈妈告诉英子说：“小英子，看见这个坏人了没有？你不是喜欢做文章吗？将来你长大了，就把今天的事儿写一本书，说一说一个坏人怎么做了贼，又怎么落得这么个下场。”英子立刻反抗妈妈这么教她认识世界：“不！”她说：“我将来长大了是要写一本书的，但绝不是像妈妈说的这么写。我要写的是：‘我们看海去。’”从这些句子里可以真切地感受到作者对笔下的这个在艰辛的、充满了不公平的人世间选择了一条无可奈何的谋生之路的“小偷”的同情，以及对不公平的人世间的抗议。小英子的同情和反抗之心，也就是作者的同情和抗议之心。

在“驴打滚儿”这一章，作者写了宋妈不为人知的人生遭遇，也写出了人世间的种种不公正给社会底层人带来的难以诉说的痛苦。正是这样的不幸遭遇和人间痛苦，让英子更加清晰地认识到人性和人世间的复杂性，并且一天天成长起来。

故事最后，爸爸去世了，英子也永远地告别了自己的童年时代。“爸爸的花儿落了，我也不再是小孩子。”

风依旧凉，叶依旧红，只是那额头上打着刘海儿的短发黑裙的英子，已不再是昨天的英子了。但英子从来没有忘记故都北京。那古旧的椿树胡同、帘子胡同、虎坊桥、文津街……是否还记得当年的英子呢？那可是英子半个多世纪以来魂牵梦萦的乡愁啊！

冰心老人写过这样的诗句：“童年呵！是梦中的真，是真中的梦，是回忆时含泪的微笑。”光阴在流逝，水在流动，一代代人的童年也在不断地远去。曾经走过我们生命的一些不同寻常的人，虽然我们与他们有过意外的相逢，并且立即就很喜欢他们，无奈的是，他们总有离我们而去的一天，去到另一个地方，甚至去到另一个世界，他们就像雪人一样，总会融化的。有谁不爱自己的童年？谁能忘却自己的童年？就像黄昏时刻的树影，拖得再长也离不开树根，走得再远也走不出童年的那颗心。《城南旧事》，就是林海音献给童年的一曲温婉的恋曲与挽歌。

追随

——陈伯吹的故事

*

小溪正在向远处的海洋奔流，浪花正在汇入时代的波涛之中……

故园风雨

1925年的春天，比往常来得似乎要早一些。早春二月，江南大地上有一些地方乍暖还寒、残雪未消，罗店镇郊外的河畔，柳树已经萌发出了淡淡的黄芽，柳枝在春风里变得那么柔软，每一阵春风吹来，所有的枝条都会随风起舞。桑田里那些安安静静的桑树，也迫不及待地扬起一只只小小的“桑拳”，迎接那沿着小河赤足走来的春天。

春风最暖，天道酬勤。从立春到雨水，从惊蛰到春分，直到清明和谷雨来临，春天将循着她每一个温润的节气，把丰沛的雨水洒到辽阔的大地之上。当温暖的春光普照着大地上的每一片田野时，有多少新的生命和新的希望，都在等待着播撒、萌芽、出土、拔节、扬花、抽穗、灌浆，直至成熟和收获的季节。

这年春天，刚满十九岁的乡村小学教员陈伯吹，依依不舍地告别了自己苦心经营了数年的朱家宅小学，提着简易的行囊，走进了宝山县立淞阳小学（今宝山实验小学），担任初级部主任。这所小学是当地的名校，创建于 1903 年（清光绪二十九年），校址设在地方政府的办公场地“参将衙门”。校长蒲文贵（撷英）先生是龙门师范的首届毕业生，在宝山是一位几乎家喻户晓的名师。蒲校长十分赏识陈伯吹，鼓励他说：“你不用担心，这里的教员们都是接受过革命的风雨和新文化思想洗礼的，大家都听说了你在朱家宅小学的办学事迹，陈君来到这里，尽可以再展鸿鹄之志。”

蒲文贵校长说得没错。在这所小学校园里，像《新青年》《向导》《新潮》等当时的进步刊物，还有《申报》《新闻报》《时事新报》等来自上海的报纸，随时都能看到。李大钊、陈独秀、鲁迅、胡适等“新文化闯将”的文章和思想，不断地被教员们讨论着、传诵着，也在学生间传递着。没过多久，陈伯吹就与学校里的几位志同道合的教员，成为了亲密无间的朋友。其中像周向之、陈荷百、徐学文等几位老师，不仅思想活跃，满腔“天下兴亡，匹夫有责”的家国情怀，而且待人真诚，他们把年龄最小的陈伯吹视为他们的同志和兄弟。他们在饭前课后，经常一起讨论时局，交流各自对国民教育、儿童教育和国家前途的思考与体会，关注着国家和民族的命运。

大时代的风雨，正在呼唤和引导着青年陈伯吹走出狭小的自我世界，走向一个伟大的群体与行列。小溪正在向远处的海洋奔流，浪花正在汇入时代的波涛之中……

1926 年 12 月的一个寒冷的夜晚，在宝山县文庙内城中小学的一间比较隐秘的房子里，陈伯吹与张京石、陈荷百、周向之、徐学文四位好友一起，神色严肃地举行了一个秘密的宣誓仪式。

张京石是他们的“领导人”。他说：“从这一刻起，我们五个人，都是真正的同志了！”

“同志”这两个字，让陈伯吹感到无比亲切、庄严和神圣。在此后的日子里，在校园午后的亭子里，在远离人声的小花园一角，有一个身穿西装、神色坚毅的大学生模样的人，经常出现在陈伯吹和周向之、陈荷百、徐学文这几位志同道合的同事面前。

宝山县立淞阳小学的校园看上去虽然还是像往常一样平静，但是在陈伯吹心中，每时每刻都在准备着迎接新的考验。他们一起谈论当前的局势，谈论国家的前途与命运，也谈论教育、哲学和文学。陈伯吹和他的同事被这个青年人的思想和热情深深地感染着。他们心里都已经明白，这个青年人不是一个普通的大学生，而是一位地下党员。

他的任务，就是在这一带的大、中、小学里秘密活动，团结一些进步的教师和学生，发展壮大革命的力量。

果然，没过多久，陈伯吹他们就赢得了他的信任。他开始安排他们在这一带的学生和群众中间散发和张贴传单。为了在白色恐怖之下有效地保护自己，他还细心地教给了陈伯吹他们秘密张贴标语的方法：最好是四个人合作进行，一个人在附近望风，一个人刷糨糊，一个人迅速地张贴，另一个人身藏标语随行在后面。

去一些街头巷尾秘密张贴了几次标语之后，陈伯吹得到了这个青年革命者的赞扬。他说："你的工作做得很好，组织将考虑吸收你……"听了这话，陈伯吹心里感到热乎乎的，有一种崇高、神圣的激情在他胸中燃烧。

然而，在接下来的好几个月里，这个青年革命者却再也没有出现过。陈伯吹他们几个人在为他担心：难道他被捕了？

事情果然不出所料，1928年2月的一天，上海出版的《申报》《新闻报》等报章的"吴淞地方新闻"栏里，都刊载了这么一则新闻，大致内容如下：中共党员黄忆农，年十九岁，致力赤色鼓动，妄图颠覆政府，着即执行枪决……

不幸的消息使陈伯吹和他的几位同事非常难过。当天晚上，夜深人静的时候，在宝山县立淞阳小学的一间门窗紧闭的教员宿舍里，几个人一起，面对黄忆农曾使用过的一架黑色照相机，悲痛而庄重地表达了他们的悼念和祭奠。

他们一起压低声音，有力地发出誓言：就让这架黑色照相机做证，我们一定会追随你继续向前，决不改变，永不退却！

陈伯吹后来得知，这位名叫黄忆农的青年革命者，他们人生道路上最早的引路人，又名黄临川、王忆农，牺牲前曾担任中国共产主义青年团吴淞区委书记。

故乡山河，风雨激荡。晚年的陈伯吹撰文回忆说："1927年，蒋介石发动了'四一二'反革命政变，革命受到暂时的挫折……深秋，王忆农同志被杀害了。次年六月，我和同事徐学文以'共产党嫌疑犯'被捕，幸在宿舍内搜查无着，由学校担保具结释放。这年底，我无可奈何地流亡到上海工读。"

不速之客

抗日战争全面爆发后，陈伯吹在"孤岛"上读到了埃德加·斯诺的《西行漫记》（又名《红星照耀中国》）。中国共产党领导的工农红军艰苦卓绝的长征和北上抗日的战绩，让陈伯吹心驰神往。那段日子里，他一直在悄悄地寻找机会，并且作好了随时逃出上海的准备，到中国共产党领导的抗日圣地延安去。

虽然最终没有去成延安，但是陈伯吹一直没有放弃通过手中的笔与日本侵略者“作战”，以至于受到了日本宪兵特务和汉奸的追捕。

抗战胜利后，陈伯吹和朋友们一起发起成立了由众多进步作家组成的“上海儿童文学工作者联谊会”。就在这段日子里，有一天，陈伯吹家里突然来了两位“不速之客”。一位叫王志成，一位叫马精武。这两个人当时都在上海新闻小学当老师，都是“中华儿童教育社”的成员。

陈伯吹原本就认识他们，可是经过了漫长的战乱岁月，他对这两人目前的情况并不熟悉。在交谈中，王志成笑着问陈伯吹：“不知陈君对当前的时局有什么看法？”

陈伯吹不假思索地说：“时局确实不妙啊，十分危险。抗战刚刚胜利，国家和百姓受尽了战争的苦难，内战，自然是人人都会反对的！”陈伯吹坚定地说道。

“说得好！伯吹兄，你的态度和我们的预想是一致的。”

“你们来找我，到底是为了什么？”陈伯吹稍有疑虑地问道。

“今天我和精武兄来找你，想跟你商量一件大事……”说到这里，王志成压低声音说，“但是需要你绝对保密！你能做到吗？”

“这个……”陈伯吹马上就猜出了他们的来意，立刻说道，

“请你们相信我，我会绝对保守秘密！”

“就是面临杀头也不会害怕，对吗？”

“是的，为了光明和真理，杀头也不怕！”陈伯吹坚毅地回答说。

“那么，实话对你讲吧，我们两个人来，是想请你参加中国共产党，你愿意吗？”

原来，这两个人都是共产党员。当时新闻小学里隐藏着四位秘密党员，他们是其中的两位。这时候，在陈伯吹心头，瞬间闪过了英勇就义的十九岁的共产党人黄忆农的身影，也闪过了他和几位挚友在一个深夜里秘密宣誓的神圣时刻。

这样的时刻，不正是陈伯吹一直暗暗期待和追寻的吗？

“我愿意！请你们相信我，我的心是和你们在一道的！”

说到这里，陈伯吹眸子里都有点湿润，嘴唇也有点哆嗦了。

“非常好，伯吹君！你果然没有让我们失望。”王志成又神色严肃地问道，“你有什么要求吗？请尽管讲出来。”

“我没有任何要求，哦，不……如果可以提一个要求，我请求你们……派我到最艰苦的地方去参加斗争！”

“到什么地方去呢，你觉得？”

王志成和马精武互相对视了一下。

“到四平街去，到那里与国民党反动派战斗！”

此刻，陈伯吹的心中好像涌起了一股神圣的、正义的力量。

“明白了，伯吹君，我们回去会考虑一下的。”

说完，王志成和马精武就趁着夜色，悄悄离开了陈伯吹家。

奇怪的是，自那以后，虽然陈伯吹还在联谊会里见过王志成和马精武几次，但是，他们竟然再也没有跟他提起加入中国共产党的事情，更没有对他提出的“到四平街去”的要求作出回应。

因为有“绝对保密”的誓约在前，陈伯吹对王志成、马精武来找过他这件事一直守口如瓶，连对自己的家人也从来没有提起过。

实际上，从那时起，党组织就已经把陈伯吹看作自己阵营的人，一直在关注着他、团结着他。或许，王志成他们回去讨论过，最终觉得，像陈伯吹这样在教育界、文学界有影响的作家，还是在“外围”活动比较安全，而且可以发挥更大的作用。这个“秘密的决定”，陈伯吹自己并不知道。

果然，在上海解放前夕，在新中国的黎明到来之前，在蒋家王朝即将被推翻的“黎明前的黑暗”时期，陈伯吹在党组织领导的“反饥饿、反压迫”的斗争中，高唱着《团结就是胜利》的战歌，走在抗争队伍的最前列。

一直到新中国成立后，陈伯吹才知道了王志成、马精武两人的真实身份。那时候，王志成已经担任上海市第一师范学校校长一职，马精武被调到中华人民共和国教育部工作去了。

永远追随

1949 年 5 月 23 日这天，在人民解放军向上海进军的隆隆炮声中，陈伯吹正兴奋地从曹家渡向梵皇渡路（即今天的万航渡路）走着，心想，也许能看到攻进上海的解放军先头部队的身影吧。

这样一边想着，陈伯吹竟情不自禁地哼唱起了不久前他在《小朋友》上登载的一首来自解放区的歌曲《唱出一个春天来》……是啊，上海真正的春天，真的就要到来了！

这时候，迎面走来了一个熟人：陈伯吹在大夏大学读书时的同学林荣。林荣此时是上海一所小学的校长，他也是听到了解放军隆隆的炮声，兴奋得坐不住，迫不及待地跑上街头来的。

两位老同学此时邂逅，不禁相视大笑起来。

“伯吹兄，上海就要解放了！”

“是啊，天快要亮了……”

陈伯吹没有想到的是，林荣这时突然对他说道：“快胜利了，伯吹兄，你应该填张表了！”

陈伯吹一时还没反应过来：“填张表？填什么表？”

听到林荣说明，是让他填一张入党申请表时，陈伯吹会心一笑，说道："是啊，是要填张表了！看样子，要不了几天，上海的春天就要到来了，到时候我一定填的！"

陈伯吹心里明白，这个林荣，和王志成关系很密切，他们说不定是一起商量过的呢。

但是陈伯吹没有想到，岁月蹉跎，好事多磨。新中国成立后，他的工作单位不断变动，甚至一度从上海调到了北京，几年之后，再从北京返回上海。在这期间，他在 1951 年、1952 年先后两次向党组织递交了入党志愿书，但是都因工作关系的变动，入党的事延宕未果。在这期间，他又经历了一次次运动，甚至还被作为"反动学术权威"而"扫地出门"，下放到了干校去参加劳动改造……

一直等到 1983 年 10 月 5 日，当他终于成为一名光荣的中国共产党党员的时候，他已经是一位七十七岁的老人了！

树高千丈，叶落归根。江河奔向大海，孩子想念母亲。在漫长的黑夜里行走过的人，时刻仰望着灿烂的北斗星。

晚年的陈伯吹，念念不忘自己青年时代读过的马克思的一段文字：

如果我们选择了最能为人类福利而劳动的职业，那么，重担就不能把我们压倒，因为这是为大家而献身。那时我们所感到的就不是可怜的、有限的、自私的乐趣，我们的幸福将属于千百万人，我们的事业将默默地但是永恒发挥作用地存在下去，而面对我们的骨灰，高尚的人们将洒下热泪。

陈伯吹在心中，一直把这段话奉为圭臬。

他知道，这是他一生的找寻，永远的追随。

艾青是怎样写儿童诗的

真正的诗人，一定也是童心未泯的人。

关于儿童诗，艾青说过什么

艾青是 20 世纪中国诗坛的泰斗，也是一位享有国际声誉的杰出诗人。

艾青一生的主要创作并不在儿童诗，但在他六十多年的创作生涯中，几乎每个年代里，他都为小读者留下了一些优美的、宝贵的儿童诗篇。作为世界级的诗人和文学家，他用自己的创作实践和行动，默默地关怀和"加持"着儿童诗这个"小文体"，为中国儿童诗美学品质的提升和多样风格的发展，贡献了自己的心血、智慧和力量，也为一代代儿童诗创作者树立了一种大家风范，立起了一支支艺术品质的标杆。

他的《大堰河——我的保姆》《雪落在中国的土地上》《我爱这土地》《春姑娘》《太阳的话》《黎明的通知》《国旗》《下

雪的早晨》等诗歌佳作，多年来一直是大学和中小学教科书中的保留篇目，影响着一代代读者。

艾青生前没有出版过个人儿童诗集。但在新中国诞生之初的 1951 年，当时的文化供应社以艾青的儿童诗名作《春姑娘》为书名出版过一册艾青、田间等合著的儿童诗集。新中国成立以来出版过的不少儿童诗选本里，也总能看到艾青的儿童诗作。

但艾青在儿童诗创作上的杰出成就，被他的那些鸿篇巨制“遮蔽”了。现在我们应该把他的儿童诗中的珍珠，重新找出来并擦亮，让更多的人看到她的光芒。

艾青写过不少诗论文章，但很少有专门谈论儿童诗的文字。对儿童诗，他有自己的要求和美学观点、创作观点，只不过都散见在他的诸多诗论、序跋和书信里。

1987 年 6 月 14 日，《文汇报》的《笔会》副刊刊载了艾青的一篇短文《关于儿童诗的一封信》。这是他在 6 月 1 日儿童节这天，写给一位儿童诗作者的一封信。对中国儿童诗坛来说，这是艾青留下的一篇珍贵的“文献”。全文如下：

××同志：

你要我为你即将出版的儿童诗集《海上的梦》写序，你的诗我读得不多，不好加以评论。我愿意借你出诗集的机会说几句话。

我一生为孩子们写的东西太少，这是我所遗憾的事情，只希望从事儿童文学的作家能为孩子们多写东西。

常有人把孩子比成花朵，也有人把孩子比成幼苗。我们要关心他们的成长，给予他们阳光和雨露。孩子们是未来，是希望，谁能不爱他们呢？

儿童诗不容易写。一、必须是诗。二、又必须被儿童所接受。儿童文学作家的责任是重大的，要以作品丰富孩子们的精神世界，陶冶孩子们的心灵。因此我说过，儿童文学是伟大的文学。

××同志，为了育人育才，为了繁荣儿童文学，祝你写出更多的优秀作品。

艾青

一九八七年六月一日

在这封信中，艾青简要地谈到了自己对儿童诗的几点看法：“儿童诗不容易写。一、必须是诗。二、又必须被儿童所接受。儿童文学作家的责任是重大的，要以作品丰富孩子们的精神世界，陶冶孩子们的心灵。因此我说过，儿童文学是伟大的文学。”

“儿童文学是伟大的文学。”这是一个多么闪亮的句子！我们应该把这个被时光淹没的句子重新擦亮。正因为有此敬畏之心，艾青在漫长的创作生涯中，在创作了许多鸿篇巨制的同时，也总是不忘给赤脚孩童们写一些儿童诗。

对于儿童诗，艾青还有哪些见解呢？

1980年，他在《读雷抒雁的〈夏天的小诗〉》一文里，在欣赏诗人雷抒雁的几首带有儿童诗风格的小诗时，有这样的评价和议论："这几首小诗，是真正的小诗，语言精练，达到了明快、单纯、朴素的标准。""形象思维的活动，在于为自己的感觉寻找确切的比喻，寻找确切的形容词，寻找最能表达自己感觉的动词；只有新鲜的比喻，新鲜的形容词和新鲜的动词互相配合起来，才有可能产生新鲜的意境。"我体会到，艾青的这些观点——其实也是他自己的创作经验，用在儿童诗创作上，是再合适不过了。

1981年，艾青在《关于叶赛宁》一文里，谈到叶赛宁的诗歌特点时，这样说道：

（他的诗）是和大自然联系起来的，是和土地、庄稼、树林、草地结合起来的。他的诗，和周围的景色联系得那末紧密，真切，动人，具有奇异的魅力，以致达到难于磨灭的境地。正因为如此，时间再久，也还保留着新鲜的活力。

这些诗学观点，与其说是在评说叶赛宁的诗，不如说是艾青自己写儿童诗的“夫子自道”。艾青的一些写大自然景色的儿童诗，都带着这种“新鲜的活力”。这一点我们在后面会具体欣赏到。

对儿童诗，艾青还有一个希望，就是“让诗能飞翔”。1982 年 4 月 5 日，他在《诗朗诵和辅导》中写的一篇短序里说：“孩子们不仅需要诗，而且喜欢朗诵。”他举了一个例子：“1979 年我随同诗人参观访问团去上海，在一次少年宫的欢迎会上，三个孩子朗诵了我的《初雪》，他们朗诵时是那么天真、活泼、可爱，许多人感动得流出了泪……”

1982 年 10 月 30 日，艾青为女诗人柯岩和一位小画家卜镝合作的童诗童画集《春天的消息》写了一篇序言《我为儿童祝福》，其中有些观点是关于儿童画的，也是关于儿童诗的。他说：“儿童画是单纯的、坦率的、只忠实于自己的感觉。”“诗人柯岩说：‘孩子的天真唤回了我的天真，在孩子眼睛里我重又找到了自己童年的梦。’柯岩以热爱儿童的心，关心儿童的画，写了许多配合儿童画的明丽的诗。她的许多诗像水晶一样透明。”“（儿童诗）难在要代替儿童思索——不能想得太复杂，太远。”他认为，无论是儿童画还是儿童诗，都“不可能是太多的逻辑思维的产物”，而应该具有一种“单纯的美”。

天真、明丽，具有单纯的美，像水晶一样透明。这是艾青对儿童诗的基本要求。不单单是对儿童诗有此要求。艾青在《我对诗的要求》一文里，也透露了自己全部诗歌创作的“秘辛”：“我曾经和少数几个同志谈过，我所努力的对诗的要求是四个方面：朴素，有意识地避免用华丽的词藻来掩盖空虚；单纯，以一个意象来表明一个感觉和观念；集中，以全部力量去完成自己所选择的主题；明快，不含糊其词，不写令人费解的思想。决不让读者误解和坠入五里雾中。”艾青的这些诗学主张，也是留给儿童诗作者和小读者们的宝贵馈赠。

“当黎明穿上了白衣”

艾青的创作之路起步于20世纪30年代初期。1932年1月25日，二十二岁的青年诗人在由巴黎通往马赛的路上，面对着早春郊外的景色，创作了《当黎明穿上了白衣》。这是艾青最早的几首诗之一。艾青自己想必是很喜欢这首诗的，所以《艾青诗选》把它放在开卷第一首的位置上。这其实也是一首色彩鲜明、形象明丽、语言优美的儿童诗：

紫蓝的林子与林子之间
由青灰的山坡到青灰的山坡，

绿的草原，
绿的草原，草原上流着
——新鲜的乳液似的烟……

啊，当黎明穿上了白衣的时候，
田野是多么新鲜！
看，
微黄的灯光，
正在电杆上颤栗它的最后的时间。
看！

艾青到欧洲是去学习绘画的，从这首诗中可见他对色彩的敏感。整首诗就是一幅形象、光影、色彩都十分明丽的小风景画。尤其是“新鲜的乳液”这样新鲜的比喻，还有连用的两个“看”更使这首诗具有了儿童诗的灵动和活泼感。

1936 年，艾青写了一首《小黑手》，用朴素的白描手法，写了一个饥饿的吉普赛小孩的故事，全篇的思维和语言都是“儿童诗”的：

小吉普赛

有黑的脸
有黑的手

小吉普赛
站在水果铺子的前面
看见红的柿子
看见黄的香蕉

小吉普赛
伸出小黑手
拿了一只香蕉
放进饥饿的嘴里

水果铺子的女主人
飞快地走出水果铺子
夺去了小黑手里的香蕉
而且，向小黑脸上打着

小吉普赛哭了
用小黑手

擦他的小黑脸
他一直把哭声
带到他祖父那儿
他张开饥饿的小嘴
（用我听不懂的话）：
——那是吃的东西
我怎么不能吃？

这首《小黑手》，与艾青后来在20世纪50年代里写于里约热内卢的一首名作《一个黑人姑娘在歌唱》异曲同工，让我们感受到了一位大诗人广阔而善良的人道情怀。

明丽的自然与幼童之歌

从20世纪30年代中期到整个40年代，艾青以中国现代最杰出的诗人形象，带着一大批光耀诗史的杰作，进入了诗坛。在他的许多诗歌杰作和名篇之外，还有许多朴素、明丽和单纯的小诗，也堪称是中国现代儿童诗的模范之作。

例如写于1938年的《我爱这土地》，这是一首抒发深挚的爱国主义情怀的脍炙人口的传世名篇，迄今一直在一代代读者口中流传，也是中小学课本里的必选篇目。这首诗已经家喻户晓，这里不再赘言。

从 1939 年秋天到 1940 年春天，艾青在从南方奔赴北方的路上，陆续写了《秋》《秋晨》《水牛》《冬天的池沼》《树》《愿春天早点来》《船夫与船》《沙》《青色的池沼》《山毛榉》《矮小的松木林》《小马》等短小的诗歌。

这些诗，都是用单纯的白描手法、清新的语言，把自己真挚的感情和大自然联系起来，和土地、庄稼、树林、草地等祖国大地上的景色联系起来，形象单纯、集中，色调朴素、明丽，具有单纯的美和新鲜的活力。这些小诗，也都是最优美和“最标准”的儿童诗。

例如《树》：

一棵树，一棵树
彼此孤离地兀立着
风与空气
告诉着它们的距离

但是在泥土的覆盖下
它们的根伸长着

在看不见的深处
它们把根须纠缠在一起

《树》写于1940年春天。当时，抗日战争正转入艰苦的相持阶段。表面上看，诗人是在歌咏自然界生长的树木，但在诗人的感情深处，他是借凝聚在地下树根上的顽强力量，赞美中华民族坚韧不拔的顽强意志和坚不可摧的生命力。

诗人的心中有爱，眼睛才能发现美，才能把自己温暖的目光和深切的爱心，投入到一些弱小的、细微的事物上。而且真正的诗人，一定也是童心未泯的人，所以在他的眼里，能看到奔跑的小马、刈草的小孩、流淌的小河……这些属于儿童诗的细节场景。

例如这首《小马》：

跟随在牝马的后面，
新生的小马跳跃过田塍，
短短的鬃毛摆动着，
小小的蹄子得得的响，
它是多么欢愉，新鲜，
活泼而富有力量啊！
——来在世界上

它还不曾尝过苦辛。

这首诗与臧克家的那首《老马》堪称“双璧”。短短几句，就把一匹天真、活泼、初涉尘世暂时未识人间愁滋味的小马刻画得栩栩如生，令人心怀怜惜。小马的形象，又何尝不是一代天真未凿的农村小孩的形象？再看《刈草的孩子》：

夕阳把草原燃成通红了。
刈草的孩子无声地刈草，
低着头，弯曲着身子，忙乱着手，
从这一边慢慢地移到那一边……

草已遮没他小小的身子了——
在草丛里我们只看见：
一只盛草的竹篓，几堆草，
和在夕阳里闪着金光的镰刀……

还有写于1940年秋天的一首《篝火》：

黄昏降落到我们的旷野，

快乐的火焰就升起了——
它在黝黑的树林下面，
闪耀着炫眼的红光……

白色的烟像夜间的雾，
迷漫了山谷和树林，
跟随着秋天晚上的风
徐缓地流散到远方……

在白烟的树林里，
在篝火的照耀里，
映着几个农夫和农妇
背负着收获物晚归的暗影。

这像是一幅幅形象单纯、光影明亮、色调温暖、动静相宜的写生画或木刻画，同时也是一首首意境柔和静美、语言凝练清浅的儿童诗。艾青也许无意成为儿童诗诗人，但他在不经意间为中国现代儿童诗园留下了一个个优美的范本。

1942 年，艾青还创作了一首《太阳的话》，后来这首诗也被选进了很多版本的小学语文课本：

打开你们的窗子吧
打开你们的板门吧
让我进去，让我进去
进到你们的小屋里

我带着金黄的花束
我带着林间的香气
我带着亮光和温暖
我带着满身的露水

快起来，快起来
快从枕头里抬起头来
睁开你的被睫毛盖着的眼
让你的眼看见我的到来

让你们的心像小小的木板房
打开它们的关闭了很久的窗子
让我把花束，把香气，把亮光，
温暖和露水撒满你们心的空间。

这首儿童诗带有童话诗的风味，全篇借太阳的口吻，表达了对清新、鲜亮、光明的日子，对新的生活和新的明天的欢欣、期待与热爱。诗歌虽短，却自有一种催人振奋、乐观向上、走出狭小的自我天地奔向辽阔远方的力量。诗中所选择的“金黄的花束”“林间的香气”“亮光”“露水”“木板房”“窗子”等意象，也都是孩子们熟悉和能够产生亲近感的事物。通过这些具体的意象，展现了太阳带给大地和人间的光明、温暖、美好与希望。

艾青的诗篇里有不少献给太阳、火把和光的赞歌。他在同一时期还写了一首更为有名的诗《黎明的通知》，这首诗一直是中学语文课本里的保留篇目，我在上学时就读过这首脍炙人口的抒情诗。这首名作早已为很多读者所熟知，这里也不再赘言。也是在 1942 年早春时节，艾青又写了两首同题小诗《河》，第二首这样写道：

沿着寒夜的河边
我听见河水哗哗地流着
好象一群喧闹的夜行者
一边行走，一边歌唱

它们在这冷寂的夜晚
从冰层的下面
不止地奔向远方……

一切都已入睡了
但河水依然兴奋地流着
经过广大的黑暗的地域
一直奔向黎明。

诗中有抒情，也有哲理。无论是在暗夜里还是在冰层下，小河永远不停息地向前奔流，奔向黎明和远方。这同样是一首能给孩子们带来力量和希望、带来成长启迪的儿童诗。

1948 年，在新中国成立前，艾青又创作了一组明亮的乡村风情画式的小诗《播谷鸟集》。我们来欣赏其中带有童话诗色彩的《喜鹊》：

村子的边上
有一排高树
最高的树枝上
有一个喜鹊窝

喜鹊站在树巅
最早看见太阳
它哑着嗓子说
“太阳出来了！
太阳出来了！”
长长的尾巴
一翘一翘……

它从树巅飞走了
飞到野地里

一个农民
站在耙上
赶着两匹驴子
从地的这一头
到地的那一头
喜鹊朝着农民
哑着嗓子说
“日子好了

恭喜！恭喜！”

这也是一首形象生动活泼、语言清浅明亮的儿童诗。写喜鹊“哑着嗓子”“长长的尾巴一翘一翘”等细节，生动而准确。全诗写的是田野上和大树上的喜鹊，却也传达出解放区人民经过土地改革后，翻了身，做了主人，在焕然一新的天地里，过上了和平幸福的好日子的欢乐气氛。

1949 年 9 月，离新中国开国大典的日子越来越近了，中华人民共和国的国歌、国旗、国徽都已经诞生了。9 月 27 日这天，艾青创作了一首《国旗》，为迎接新中国的诞生。这首诗也曾被选入小学语文课本，几代小读者都记得这首诗里的句子：

我们守卫它
它是我们的尊严
我们跟随它
它引我们前进
革命的旗
团结的旗
旗到哪里
哪里就胜利。

《三株小杉树》及其他

在新中国的第一个春天里，1950 年 3 月 28 日，艾青又写了一首带有童话诗风味的儿童诗名作《春姑娘》。这首诗也一直是小学课本里的保留篇目。全篇用拟人的手法，用生动活泼和明朗的意象，描写了春天给世界带来的温暖、光明和一派生机盎然的景象。

开篇就以小孩子的口吻问道：

春姑娘来了——
你们谁知道，
她是怎么来的？

我知道！
我知道！

她是南方来的，
前几天到这里，
这个好消息，

是燕子告诉我的。

然后用生动的拟人手法，从各个角度描写了春姑娘的样子：

她赤着两只脚，
裤管挽在膝盖上；
在她的手臂上，
挂着一个大柳筐。

她渡过了河水，
在沙滩上慢慢走，
她低着头轻轻地唱，
那声音像河水在流……

看见她的样子，
谁也会高兴；
听见她的歌声，
谁也会快乐。

在她的大柳筐里，

装满了许多东西——
红的花，绿的草，
还有金色的种子。

接着，诗人又用一些具体、单纯和典型的春天的意象，礼赞了春姑娘的勤劳，还有人们对她的喜爱与拥戴。诗人所选的这些意象，又都是十分新鲜生动和儿童所喜闻乐见的：

她把花挂在树上，
又把草铺在地上；
把种子撒在田里，
让它们长出了绿秧。

她在田垄上走过，
母牛仰着头看着，
小牛犊蹦跳着，
大羊羔咩咩地叫着……

她来到村子里，
家家户户都高兴，

一个个果园子，
都打开门来欢迎；
…………

那些水池子，
擦得亮亮的，
春姑娘走过时，
还照一照镜子。

春江水暖鸭先知。在诗的最后，诗人替那些不会唱歌但也很快乐的鸭子这样说道：

它们说：“春姑娘，
我们等你好久了！
你来了就好了！
我们不会唱歌，哈哈哈……”

通篇都是生动形象的拟人化的写法，连小鸭子都会说话了。所以说，这首儿童诗带有童话诗的风味。

这首儿童诗字里行间热情洋溢、生机勃勃，形象地写出了春天到来时大地苏醒、万物欢唱的盎然景象。通过这样的自然景象描写，读者又怎能不联想到在新中国的大江南北，已经站起来的中国人民，重新当家做主人的那份幸福、快乐、自豪与自信？

1954年，艾青的诗歌新作里，又出现了一首语言凝练优美、形象明丽、单纯的儿童诗《三株小杉树》。这是这位已经享有国际盛誉的大诗人，为孩子们献上的最美的礼物。

我们来欣赏一下这首单纯而明丽的小诗：

年轻的杉树长满了嫩芽
嫩得好像要滴下水来
园里的草地露水很重
人走进的时候鞋子都湿了

早上的阳光照在露珠上
每颗露珠都在发亮
我摘了一个杉树的果子
手上沾满了果子的芳香

20世纪50年代，艾青出访了欧洲、美洲的很多国家，写了很多域外题材的诗，其中也有不少儿童诗。例如1954年秋天在布拉格写的《写给小睡车里的婴孩》。这一时期，艾青还写出了《礁石》《珠贝》《小蓝花》《小牛犊》《高原》《小河》《泉》《梨树》《启明星》《鸽哨》等一批形象单纯、富有哲理和意趣的小诗。它们也是一批优美、珍贵的儿童诗，像闪光的珍珠一样，是诗人宝贵的生活经历、情感体验的结晶，对儿童的心智成长具有启迪意义。

例如，写于1956年的《小蓝花》：

小小的蓝花
开在青色的山坡上
开在紫色的岩石上

小小的蓝花
比秋天的晴空还蓝
比蓝宝石还蓝

小小的蓝花
是山野的微笑
寂寞而又深情

再如《小牛犊》：

小牛犊儿多调皮
慢慢地走在公路上
汽车喇叭在后面催
它却一点也不慌张

它天真地仰起了头
流露出新奇的眼光
是从哪儿来的客人
到了这草原的牧场

还有一首《小河》，诗中形象也是极其简洁、单纯和明丽的：

小小的河流
青青的草地

河的这边
是白的羊群

河的那边
是黑的、褐的牛群

天是蓝的
河是蓝的

《鸽哨》也是艾青经常被人称道的一首小诗名作。从单纯的意象入手，诗人却写出了一种辽阔的意境：

北方的晴天
辽阔的一片
我爱它的颜色
比海水更蓝

多么想飞翔
在高空回旋
发出醉人的呼啸
声音越传越远……

要是有人能领会
这悠扬的旋律
他将更爱这蓝色
——北方的晴天

这些儿童诗，令人想到诗人戴望舒翻译的西班牙诗人费德里科·加西亚·洛尔迦的那些带有朴素的民歌风味的、单纯明丽的抒情小谣曲。艾青对戴望舒翻译的洛尔迦小谣曲是颇为欣赏的，没准他也从中吸收了一些艺术营养呢。

1956年11月17日，一个落雪的日子。望着漫天轻柔的雪花，艾青又写出了一首极其优美也是带有经典品质的儿童诗《下雪的早晨》。这首儿童诗现在也是一些小学语文课本里的必选篇目。

雪下着，下着，没有声音，
雪下着，下着，一刻不停。
洁白的雪，盖满了院子，
洁白的雪，盖满了屋顶，
整个世界多么静，多么静。

看着雪花在飘飞，

我想得很远，很远，
想起夏天的树林，
树林里的早晨，
到处都是露水，
太阳刚刚上升，
一个小孩，赤着脚，
从晨光里走来，
他的脸像一朵鲜花，
他的嘴发出低低的歌声，
他的小手拿着一根竹竿，
他仰起小小的头，
那双发亮的眼睛，
透过浓密的树叶
在寻找知了的声音……

他的另一只小手，
提了一串绿色的东西，
——一根很长的狗尾草，
结了蚂蚱、金甲虫和蜻蜓，
这一切啊，

我都记得很清。

我们很久没有到树林里去了，
那儿早已铺满了落叶，
也不会有什么人影；
但我一直都记着那个小孩，
和他的很轻很轻的歌声，
此刻，他不知在哪间小屋里。

看着不停地飘飞着的雪花，
或许想到树林里去抛雪球，
或许想到湖上去滑冰，
他决不会知道
有一个人想着他，
就在这个下雪的早晨。

这首儿童诗的语言带着艾青常说的一种朴素的散文美。但是全篇的感情饱满、真挚，足以唤醒每一位读者的共鸣：对自己童年的追忆，对童年小伙伴的思念，还有对儿时的田野、村庄、小树林和笑声朗朗的下雪日子的依恋与怀想。诗人在下雪的早晨，想念起的这个小孩，也许实有其人，但也未必。把这个小孩想象成是早已远去的再也呼唤不回来的童年的自己，也未尝不可。

艾青的性格气质里，多有机智、幽默、诙谐的一面。这种性格气质，也往往与其童心未泯有关。这种性格元素，对儿童诗的创作尤其显得宝贵。

不信你看，即使徜徉在皇帝生活过的御花园里，艾青的心头，仍然会掠过儿童诗的意念。在《御花园》一诗里，他这样写道：

枝头小鸟在歌唱
好象有说不完的欢欣
小鸟小鸟你唱的是什么
我唱的是年月更新

这首诗的思维方式和表达方式，都是属于儿童诗的。

雨伞、初雪和小白花

20 世纪 60 年代，艾青被迫停止了歌唱。读者们不仅再也读不到他的儿童诗，而且连他最擅长的抒情诗也读不到了。当他重新归来，又出现在读者面前时，时光已经进入到 20 世纪 70

年代末期，春回大地，中国总算走出了漫长的寒冬，迎来了改革开放的春天。

1978 年，艾青又有了创作儿童诗的灵感。他再次献给小读者的是这样一首童话诗《伞》：

早晨，我问伞：
“你喜欢太阳晒
还是喜欢雨淋？”

伞笑了，它说：
“我考虑的不是这些。”

我追问它：
“你考虑些什么？”

伞说：
“我想的是——
雨天，不让大家衣服淋湿；
晴天，我是大家头上的云。”

伞的回答多好。诗人仍然用自己擅长的拟人化的手法来写儿童诗，形象地写出了伞的无私奉献精神。这是一首单纯、灵动且富有理趣意味的儿童诗。

艾青带着他的诗集《归来的歌》，也带着一首首清新的儿童诗，重新回到了千千万万读者中间，回到了喜欢他的诗歌的小读者中间。

1979 年，上海的一本《儿童诗》杂志创刊了，小读者们从杂志上读到了艾青的《初雪》等儿童诗篇。《初雪》是一首生动活泼的叙事诗，诗人曾在上海亲耳听过少年宫的孩子们为他朗诵过这首诗。全诗照录于此：

下雪了！
下雪了！
好大的雪呀！
弟弟好高兴，
妹妹也欢喜，
一个在前面跑，
一个在后面追，
跑着，追着，
忽然站住了，

都在喘着气……

弟弟搓着手说：
“这天气真冷——
要是下棉花多好
可以做棉衣……”
妹妹张着小嘴说：
“可不是，
要是下白糖
下到我嘴里……”

弟弟在摇头，
妹妹在撅嘴，
只见好姐姐，
笑眯眯走过来，
姐姐说：
“你也别摇头，
你也别撅嘴，
大雪下到地里，
给麦子当被子……”

弟弟和妹妹一同说：
“拿雪当被子，多奇怪！”
姐姐说：
“有了雪当被子，
再冷也冻不死麦子……”

“到了明年春天，
天暖了，雪化了，
大地喝得饱饱的，
给我们长棉花，
给我们长麦子，
穿的大棉袄，
吃的白面馍，
还有甜菜做的砂糖，
吃到嘴里甜甜的……”

看着漫天的飞雪，
弟弟妹妹都笑了，
又是跳，又是叫——

弟弟说："大雪，大雪，
快下吧，越大越好……"
妹妹也说："快快下，快快下，
下得厚厚的，厚厚的……"

这首诗写于 1978 年 10 月 19 日的北京，一个初雪的日子。全诗既在写景也在抒情，既有叙事又有人物刻画，充满了欢乐的动态感，不仅写出了纷纷扬扬的初雪之美，也写出了小孩子的纯真、欢快、喜悦和美丽的愿望，赞美了雪花、土地、大自然对人类的哺育和奉献精神，也抒发了诗人对"瑞雪兆丰年"的期盼和感恩之意。

1979 年春天，艾青带着一个诗人访问团，到祖国南方沿海一带采风创作。一路上，他写了很多新作，其中有一首《绿》，也是一首优秀的儿童诗：

好象绿色的墨水瓶倒翻了
到处是绿的……

到哪儿去找这么多的绿：
墨绿、浅绿、嫩绿、

翠绿、淡绿、粉绿……
绿得发黑、绿得出奇。

刮的风是绿的，
下的雨是绿的，
流的水是绿的，
阳光也是绿的。

所有的绿集中起来，
挤在一起，
重叠在一起，
静静地交叉在一起。

突然一阵风，
好象舞蹈教练在指挥，
所有的绿就整齐地
按着节拍飘动在一起……

艾青青年时代是学绘画的，他对色彩的敏感、喜爱和细腻的文字表达能力，是异于常人的。这首诗描写了深浅不一、如梦似幻、有的飘舞、有的流动、有的交叉和重叠的各种绿色。不妨想象一下这首诗所呈现的意境，不正恰似一幅浓墨淡彩总相宜、绿意盎然的水彩画吗？

1979 年 3 月，艾青抵达上海港时，又写了一首脍炙人口的小诗《盼望》：

一个海员说，
他最喜欢的是起锚所激起的
那一片洁白的浪花……

一个海员说，
最使他高兴的是抛锚所发出的
那一阵铁链的喧哗……

一个盼望出发
一个盼望到达

艾青用对比的手法，写出了海员对大海的热爱与依恋，形象清晰单纯，却富有深刻的生活哲理意味。

这一时期，艾青还写了《希望》《回声》等意象明丽、具有很强哲理和思辨意味的小诗。例如《回声》：

你躲在峡谷
她站在山崖上

你不理她
她不理你

你喊她，她喊你
你骂她，她骂你

千万不要和她吵嘴
最后一声总是她的

诗人把看不见的回声描写成了一个调皮、任性甚至还有点儿骄横的小姑娘的形象，颇有儿童诗的游戏意味，语言也极其浅白精练。

艾青是大家公认的一位能驾驭宏大题材的大诗人，同时他也拥有一种高超的艺术创造能力，能化繁为简、以小见大，用儿童诗的小文体，用最单纯、最微小的小细节和小意象，去触碰大题材，抒发大情怀。

比如艾青去欧洲访问时，既写出了像《古罗马的大斗技场》这样宏大题材的长诗，也写出了具有儿童诗风格的《小白花》等小诗。这首《小白花》，足以与意大利作家格莱兹创作的著名图画书《铁丝网上的小花》相媲美：

我怎么也忘不了
在慕尼黑看见的
达豪集中营门外的小白花

像是夜的星星
抖动着的小白花
在冷酷的铁丝网下

小白花看见的很多
听见的也很多
别看它从来不说话

1980 年，他又写了一首富有童话诗意趣的《窗外的争吵》，仍然是用拟人手法，写出了春天和冬天在窗户外面的“争吵”。

比如春天对迟迟不肯离去的冬天的“劝告”：

去问开化的大地
去问解冻的河流
去问南来的燕子
去问轻柔的杨柳
…………

你要是赖着不走
用拖拉机拉你走
用推土机推你走
敲锣打鼓送你走

诗句里充满了儿童诗的风趣与幽默，可见诗人到老也葆有一颗未泯的童心。

1980 年 5 月 10 日，艾青还写了一首《朱总司令和孩子们》。这是他看到朱德总司令和孩子在一起的一张合影，有感而发的。无疑这也是一个“大题材”，但他用儿童诗的手法写得温暖动人：

谁都喜欢和他在一起，

靠得紧紧的，紧紧的，
感受到彼此的温暖，
呼吸到慈爱的空气。

喝的是延河的水，
吃的是陕北的小米，
一个个笑得多么天真，
洋溢着幸福的滋味。

长在荒野里的
青桐木多坚硬，
开在崖畔上的
山丹丹最美丽。

诗中讴歌了朱总司令宽厚、善良和慈爱的胸怀，也赞美了像荒野里的青桐、山崖边的山丹丹一样坚强与纯真的陕北儿童。

1996 年 5 月 5 日凌晨，苦难的大堰河的儿子，八十六岁的诗坛泰斗艾青，与世长辞。他离去的时候，人们都还在梦中安睡，初夏的北京正在下着淅淅沥沥的小雨……这是整座城市——不，是整个祖国，在为一位深情的儿子的离去而哭泣。

跟金波爷爷学习观察和描写

散文是“语言的艺术”，好的散文语言，一定像是熠熠闪光的钻石。

金波爷爷是小读者们熟悉的一位儿童文学作家，金波爷爷的许多诗歌和散文都被选入了小学语文课本，很多小读者都是金波爷爷的粉丝。

金波爷爷的诗歌和散文，为什么总是那么优美、生动、准确？我仔细地阅读了他的许多作品后，发现他写作的秘诀之一，就是善于留心观察日常生活中的各种细节。

金波爷爷写过一组花影摇曳的小散文《花宴》，写了很多种花，每一小篇都只有一二百字，却字字珠玑，芬芳馥郁，美不胜收。

他写雏菊，先描写一丛丛小雏菊，星星点点，竞相开放着，如果仅用“好像是谁撒下了一地的碎金”来作比喻，那是很蹩脚的，因为“碎金是没有生命的”。然后他写道：“雏菊有一个闪光的生命，那是靠它自己的力量创造的。因而，雏菊是美丽的。”

这使我想到，金波的一篇篇短小精致又活泼多姿的小散文，也正如一朵朵散发着芬芳气息、闪耀着金黄光芒的小雏菊，它们靠着文字的力量，创造了光彩熠熠的生命，也显示着散文文学和汉语母语的神奇魅力。

例如《一棵小桑树》，短短的，只有两百多个字，却是一篇十分完整的叙事小散文，人物、故事、情景、心理、对话，甚至哲理，一样都不少。为了显示这篇小散文的完整性，全文照录如下：

自从知道邻居小姑娘在养蚕，并且常常为采不到桑叶而焦虑以后，我外出散步的时候，总希望在哪里能发现一棵桑树，为她带回一把桑叶。

那天，我看见一棵小桑树倒在车辙里。它显然是被马车轧倒的。

车辙不该是它的栖身之地。

我把它连根掘起，移栽到我的园子里。

这里的土质很差，但小桑树还是顽强地活下来了，而且长得很茁壮。没过几天，它又长出了许多嫩绿的新叶。

我告诉小姑娘，这是我送给她的小桑树。

她笑得很甜。她说：“我代表我的蚕，谢谢您。”

她的目光里流溢着真诚的感激之情。

我在想，如果想帮助一个人，其实是很容易做到的。

不得不佩服作家对文字的剪裁和控制功夫。这是真正的惜墨如金，以少胜多。

我的老师、散文家徐迟先生曾说，要检验一篇文章写得怎样，不妨看看，它是否还有可修改的余地。为此他曾试过修改苏轼的《赤壁赋》，看还能不能“修改”几个字。结果他发现，无法改移任何一字。老师因此感慨说：《赤壁赋》共五百三十七个字，《后赤壁赋》更短，仅三百五十七个字，但这两篇赋却独步中国古文的高峰之上，无人能逾越。这么短小的散文能成为千秋经典，在世界文学史上也是奇迹。

我读金波的小散文，有时也忍不住想用这个方法来试一下，看看还有没有可修改的空间。结果也不得不真心佩服：金老师真的是撒豆成兵，以一当十，字字妥帖，句句稳当。什么叫文字上的“出神入化”和“炉火纯青”？应该就是这样吧？

“金波诗意美文系列”包括《会走路的雪人》《月亮湖》《湖边的雕像》《面对一棵树》四册，选收了近二百篇姿态各异的小散文。每一篇小散文，都像是帕乌斯托夫斯基在《珍贵的尘土》

里写到的那位老人，用一点一点从首饰作坊收集回来的金粉的微尘，打成的一朵朵小小的“金蔷薇”。正因为它们小，而不夹带任何杂质，所以更显纯粹、珍贵和美丽。

这些小散文，有的描写景物，有的讲述一个小故事，有的是偏重抒情的散文诗，有的是散文体的小童话，有的是趣味盎然的知性小美文，还有的是表达思考和感悟、带有寓言色彩的哲理小散文。

金波爷爷说：“我写这些小散文，都是有感而发。有时候因为观察有了新发现，有时候因为被感动而想抒发感情，有时候因为感悟而写一些思考。总之，这些小散文写的都是自己的所见、所闻、所感、所思。”这是十分真诚的创作感悟。

进入老年后，金波爷爷的创作心境如秋空般爽朗，也如秋水一样明净。但他依然保持着对文字的热爱、敬畏和敏感，笔耕不辍，好似有意识地在用一篇篇凝练的小散文，“试验”着写景、叙事、抒情、传递知识、状写名物、揭示理趣等各种可能，也像在反复地、多角度地“测试”着我们美丽的母语文字，到底有着怎样妙不可言和深不可测的神奇的表现力。

越是短小的散文，越是考验作家对他所写的事物的发现、观察、描述和感悟的独特与精准性，也越是要求作家必须有着“百科全书式”的丰饶的文化融通能力和广博的知识积累；越是独特、有趣和准确的细节，越是离不开作家自己细心的观察与发现。人云亦云或者似是而非的细节，只能使散文显得空洞，而不能添加任何光彩。这也是金波爷爷写作的秘诀之一。

他说："写作离不开观察。观察中有了新的发现，那可是一件让人很兴奋的事。我的这些小散文的写作过程就是如此。"

《会走路的雪人》里有篇《瓢虫日记》，共十八节，每一小节记录一天的观察所得，文末记下了日期。可以看到，他从入冬后的 10 月 20 日，一直观察到第二年 2 月 16 日：

今天是立春的日子。春天来了。只剩下最后一只瓢虫了。它终于迎来了春天……虽然只剩下最后一只瓢虫了，但它毕竟迎来了春天。

这组观察日记，不仅是一组优美的昆虫生活记，更是十八节"自然观察课"。作者用一个个直观和鲜活的细节，引导和教导着孩子们怎样去观察和记录身边的小虫和花草植物的变化。

金波的小散文里，还有不少篇是记一些漂亮的小物件、小玩意儿的故事。西方世界有一个被普遍认同的观点，叫"小的是美好的"。金波是富有善爱之心的性灵派作家，也特别喜欢美丽精致的小物件。金波不仅会准确地描述出事物的形态和知识，还会讲述与此相关的有趣的小故事，有的还会包含一点温暖的怀念和抒情的气息。比如《针筒》，写的是一种现在很难见到的旧物件，是金波妈妈用过的一件放置缝衣针的针筒，也是他妈妈留下的唯一遗物。“每当我拿起这小小的针筒，我就想起小时候看着妈妈给我缝衣物的场景。”然后就写了记忆中的妈妈和针筒的许多温暖的小细节。最后写道：

妈妈走了，我把她用过的针筒打开，那里还有洁白的滑石粉，还有一根根针放在里面。针依旧很光洁。我发现有一根针上纫着线，我希望那是我帮妈妈纫上的线……

缓缓的、平静的讲述里，饱含着对母亲无限的怀念和感恩之情。不仅体现了亲情的真挚和宝贵，也让读者感受到了真诚和朴素的好文字的力量。

《有趣的昆虫》是一组传递了准确和有趣的自然知识的小散文，书中写到了蝇虎、萤火虫、蝴蝶、蜻蜓、枯叶蛱蝶、蟋蟀等小昆虫的生活细节。比如在《蝴蝶》里写道，蝴蝶“是一本翻开的小小的册页”，“蒲公英、郁金香、矢车菊，都在这本小小的美丽的画册里，发现了它们自己的色彩”。

当刮风的时候，一朵花儿说："到我这儿来避避风吧！"

当下雨的时候，一朵花儿说："到我这儿来躲躲雨吧！"

芭蕉说："到我这儿来吧，我保护你。大风吹不着你，雨也淋不着你。"

于是，它飞到那阔大的叶子下面。

在那儿，它合上了它小小的、美丽的画册。

在另一篇《蝴蝶的"小饭桌"》里，他把那些盛开的小花朵，比作蝴蝶、蜜蜂们的"小饭桌"，"蓝蝴蝶飞向一朵蓝色的矢车菊，在这张漂亮的小饭桌上，它吃到了甜甜的花蜜"。

虽然是小散文，却采用了童话的笔法，把小昆虫们都拟人化了。小读者阅读这样的小美文，在接受了昆虫知识的同时，也尽享了散文之美的熏陶。

《站着睡觉》写一匹枣红马劳作收工了，回到了马厩里，"我"给它铺上松软的稻草，想让它舒舒服服睡上一觉。可是它不肯躺下，只是微微闭上了眼睛。这时候，父亲悄悄地告诉"我"："它要睡觉了，我们走吧！"原来，"马真的站着睡觉，这是它祖祖辈辈养成的习性。它们的祖先就是站着睡觉，遇到野兽来袭击，就可以随时逃离了"。清浅的文字里也传达出了饶有趣味的生活知识。

《甜甜的爱心》属于另一类的抒情小美文，写了一位老奶奶的故事。每年秋天，柿子树叶落光了，老奶奶却总要留下一些金灿灿的柿子在枝丫上。老奶奶说："这些柿子，是特意留给小麻雀吃的。"短短的只有百来字的文字，却描画出一幅明丽的秋景，刻画了一位善良的老奶奶的形象，抒发了作者对人间善爱情怀和大自然之美的礼赞。

《一豆灯火》写作者在漆黑的夜里赶路时，突然在远方的群山之间，看见了一豆灯火，闪闪烁烁，时明时灭。于是作者产生了许多联想……最后写道：

我望见了那一豆灯火，就使我疏远了头顶上的满天星斗，它们冰冷、虚无缥缈。而我们大地的灯光，永远是那样亲切、温暖。

短短的几百个字，把叙事、抒情、哲理，精练地融为一体，把个人的细微感受和经历，化作了人间共通的感受和带有永恒意味的意象。这篇小散文的每一字每一句都让我感受到为什么说散文是"语言的艺术"，为什么说好的散文语言，一定像是熠熠闪光的钻石。

《胡萝卜须》《自然纪事》的作者、法国散文作家儒勒·列那尔，也是一位擅长写作短小精致的散文的作家。他的很多小散文也是几百字甚至几十个字，但它们却像光芒四射的碎钻一样迷人。他笔下的《蟑螂》只有一行字：“漆黑的，扁扁的，像个锁洞。”他的《蛇》只有三个字：“太长了。”他写《萤火虫》也只用了三个短语：“有什么事呢？晚上九点钟了，屋里还点着灯。”他写《跳蚤》也是一行字：“一粒带弹簧的烟草种子。”他去雕塑家罗丹家里看过罗丹的工作，回来后在日记里写道：“应该像罗丹那样去写作。”他的意思是应以笔为刀，去细心地刻凿文字，剔除不必要的冗长的描述，挑拣出最有力的字词，像钉子一样钉到每一个段落里去。他还认为，文学的未来是“属于文笔简练、惜墨如金的作家”的。列那尔的写作准则，也可以提示我们怎样去珍爱和欣赏金波爷爷的这些惜墨如金的小散文。

每个字里都有春天

*

《春天》的文学性和抒情性，就像春天的油菜花的芬芳，
融化在每一朵花，即每一个文字里。

很多诗人都喜欢寻找春天。春天在哪里？

宋代诗人宋祁说："红杏枝头春意闹。"宋代另一位诗人辛弃疾说："春在溪头荠菜花。"

很多人也喜欢寻找秋天。秋天在哪里？

当代诗人沙白说："湖波上，荡着红叶一片，如一叶扁舟，上面坐着个秋天。"

很多人也在寻找诗。诗在哪里？

梅子涵说："风停在哪里，哪里就有诗。"除了风，还有下雪的声音，雨点的滴答，树的绿荫，读书时的路边长椅，红台灯的光，葵花田的金黄，心里一直在想着猜着的很多年前的某个小孩，还有脚步踏奔田野，指印留在沙堆……都是诗所在的地方，都有诗闪耀的光芒。

梅子涵是一位浪漫主义作家。他的小说、散文、图画书

故事，甚至学术著作里，从来就没有缺失过诗意。所以，听到他又出版了儿童诗集的消息，我并不惊讶。他的很多散文和图画书故事，只要分行排列，就是优美的诗歌。即使不分行排列，也只不过是给诗披上了散文和故事的外衣而已。他的图画书故事《下雪天的声音》《春天》等，都是典型的“诗意图画书”。

《风停在哪里：梅子涵给孩子的诗》是梅子涵的首部儿童诗集，收入二十八首诗歌，有意象单纯的抒情诗，也有带有叙事元素的故事诗和带有幻想元素的童话诗。最精彩的儿童诗，有如天籁之音，特别需要一种“妙不可言”的写作智慧。看似单纯、明快、清浅、朴素的感觉和感情，却必须找到最新鲜的形象和比喻，最准确和最鲜活的动词、形容词来完成，而又不能留下任何技巧的痕迹，更不能“炫技”。儿童诗其实是一种高难度的“浅语艺术”。

这部诗集里有不少篇什，堪称“浅语艺术”的杰作，给儿童诗带来了新鲜的抒情气息，也让孩子们看到了我们美丽的母语所创造出来的最美的意境。

例如《下雪》，写下雪的时候，白茫茫的天地间好像没有一点儿声音。

下雪的时候，
没有一点儿声音。
天上没有飘的声音，
地上没有落的声音，
鸟儿没有声音，
狗儿没有声音……

太阳没有照耀的声音，
月亮没有微笑的声音，
星星没有声音，
灯光没有声音，
呼吸都变成轻烟了，
哎呀，没有声音！

那么，下雪时真的没有声音吗？其实——
…………

下雪的时候，
所有的人都在说：下雪了！
所有的人都在说：雪好大！

所有的人都在说：好美啊！
所有的人都在说：好冷啊！
所有的声音加起来好响啊！
哎呀，这么大的声音！

作者在最后告诉孩子们：下雪的时候声音好大。这首诗语言清浅，形象单纯朴素，别开生面，写出了一种细微的、独特的、新鲜的感觉。

《窗口的风》也是一首语言浅显而意境开阔的儿童诗，不仅有单纯的童趣，还有一种言近旨远的理趣：

火车开走的时候，
站台停在那里。
轮船开走的时候，
港口停在那里。
我乘的火车开过去的时候，
田野停在那里。
我乘的轮船开过去了，
岸边也停在那里。
可是风没停在那里，

它乘上火车，
又乘上轮船，
它在我耳边说，
你不认识我了？
我就是你家窗口的风呢！

这首诗通过小孩子眼中能见的形象，写出了看不见的风的形象。

儿童诗的童趣和理趣，不是来自成年人的臆造，也不是形象与哲理的简单组合，而是来自对日常生活细节的敏锐的观察与诗意的发现。就像苏轼《琴诗》所言：“若言琴上有琴声，放在匣中何不鸣？若言声在指头上，何不于君指上听？”生活中有一些富有童趣和理趣的细节，需要富有童心和智慧的人去发现和捕捉。

比如，在小孩子的意识里，通常都会有这样的类比：爸爸比妈妈高，妈妈比我高，我比小猫高；橱比桌子高，桌子比椅子高，椅子比小凳子高。在《谁最高》这首诗的最后，突然来了一个反转：一只小猫跳上小凳子，跳上椅子，跳上桌子，跳到橱顶上，它说：“你们看，我一下子就长得最高了！”它还说：“喵——”这样的细节就是童趣。没有童心和诗意的人，无法捕捉到这样童趣的瞬间。

创作需要对自己喜欢的某种文体专注和专一，这种要求没有错。但有的儿童诗作者，年复一年地写着儿童诗，最终把儿童诗写得“滚瓜烂熟”“匠气十足”。这也是儿童诗写作的大忌。儿童诗创作不是梅子涵的主业，他只是偶尔为之，所以，在他的儿童诗里，还看不到“滚瓜烂熟”与“匠气十足”。倒是从他不少作品里，能够感觉到他的创作状态：情绪的兴奋与饱满，想象的欢跳与呼啸，有的作品气韵流荡，几乎是一气呵成的。例如《雨点》，好像是在不绝如缕的“滴答、滴答、滴答”声中完成的，全篇的意绪和情感都在滴答不停，也让小读者充分感受到了汉语的韵律与节奏之美。

中国是一个诗歌古国和大国，从古老的《诗经》开始，诗歌就是中华民族最基本的文化基因。“不学诗，无以言。”诗教，也是中国一代代成长教育的重要方式。即使在今天，无论孩子们的家庭生活和学校生活多么富足，如果不去阅读一些优美的诗歌，不去接受一些诗意的陶冶，他们也就像被夺去了童年最宝贵的财富一样。至少，在成长中所获得的所有教养之中，情怀的灵秀、温润、高尚等素质的养成，将会有所欠缺。

我们都是母语的孩子。

说着她的声音，
写着她的字形，
学会做人知识，
设计几千年图景……
母语不只是运用，
也是自豪，
生命智慧和笑容全部栽种在她的里面，
我们呼吸其中！

梅子涵在《母语的孩子》《行吟诗人》《红台灯》等诗篇里，也写了对“诗与童年”“诗与成长”的思考。

在《行吟诗人》里，梅子涵用叶子的落下、流水的奔走、鸟儿的飞翔、小孩的东张西望告诉小读者，你看见和听见的，都是诗。当你好奇地睁大眼睛看着这一切，或者悄悄跟在这一切的身旁走啊走啊，你就会“走成世界奇特的一行”。同样，他在《在这在那》这首诗里，也写出了一个“儿童诗学观”：从蹒跚学步、牙牙学语的幼年开始，每个人的生命都应该是诗，你挂在小嘴巴上的乳液，你幼小时喊出的第一声“妈妈”，第一次写的“小”与“大”的汉字……诗，“不全在你智慧、情感、眼里、心中……闪耀的光芒间吗”？因此，诗人坚信：“诗的漫出都是天下声音。”“人人都是诗人，他们在这，在那！”

这样的诗，也带着诗教的属性，是一种伟大的心灵启蒙，是一种浪漫的培养，是细雨飘洒、润物无声一般的诗的陶冶。为了诗歌，更是为了我们的母语和未来。须知，只有拥有了一代伟大的、有素质的读者，我们才能期望拥有同样伟大的诗人和诗歌。

他的童诗集，还有他的美文集《十二个月的滴答诗意》，每一篇都是完整和独立的抒情诗和美文，是以文字为主体的“美文图画书”，因为没有太多的叙事，也没有过多的图画制约，所以才能保持完整、丰富和独立的文学性。那么《春天》呢？

《春天》是一个绘本故事，也是一本比较典型的文学绘本，或者叫艺术绘本。就像我们常说的那种精致的、富有个性的艺术电影。

你只要仔细一读，就会强烈地感到它的文学性，那种只有文字而不是图画所能表达出来的感情色彩和抒情意味，就像那些从眼前一直伸到天边的金黄色的油菜花一样，扑面而来。

《春天》的文字，连标点符号在内，总共四百九十七个字。可谓字字珠玑。文字虽少，文学性却极其丰饶，涉及了自然、生命、成长、亲情甚至写作等主题。每一个主题都很宏大。

你们看，贯串图画书始终的、扑面而来的、金黄金黄的春天的油菜花地，不正在抒写大自然的美吗？不正在向永恒的春天献礼吗？

你们看，“我”这个小男孩，在外婆的疼爱里，从小时候长到了中年，甚至到有了白发，还不是在写一个人的成长吗？

你们看，从前环衬上的外婆带着小时候的“我”，在春天的油菜花地里撒欢儿，到后环衬上，人到中年的“我”，独自在春天里，来到外婆的墓前，看望外婆，这些不正是生命、生死这样的宏大主题吗？在这个主题下，作者并没有把生命的逝去，把每一个人都无法避免的死亡，写得多么阴冷、黑暗和可怕，而是想象着，在另一个世界里，外婆成了一个年轻的高中生，快考大学了，而且考的是文科，可以当浪漫的诗人了……

你们再看，小男孩从小到大，都在外婆的呵护里、疼爱里长大。外婆不在了，他说，我的想念不是只在春天里；他知道，外婆一定会说：“大宝，我知道。”这写的不正是一种世间最美的、最无私的亲情吗？

还有，小男孩从小到大，都是那么热爱大自然、热爱书、热爱写作，而且还告诉过外婆，写作的时候，需要不被打扰，不可以把脚抬起来的……这不是还写到了“写作”吗？

所以，如果世界上真的有文学绘本这种类型的话，我认为，这篇文字，为文学图画书提供了一个范本。

这个文本是从梅子涵写春天、写外婆的一篇散文节选出来的。我们也可以去仔细比较一下，作为绘本的文学文本，和原本的作为叙事散文的文学文本有什么不同。

也许，从中可以领悟到一种如何以少胜多，如何把丰富的文学性保留在最少的文字里的一种高超的艺术能力。为了保持这个文本的完整性，我全文照录在这里，给大家欣赏：

我已经坐在了春天里。可是我必须在这春天里去看几个人，在他们的身边坐坐。

我坐在了我外婆的身边。这是在浩浩的长江边上。遍野的油菜花金黄地散放着暖和，散发着乡间的诗意，让我不需要有伤感。我只想快活地对外婆说："外婆，你这儿真好啊！"那暖和来自天上的照耀，诗意也是那么简单地从地上金黄地长出，怒放得意气风发。我的不认识字的外婆，就这么心满意足地躺在了诗的照耀里。我的外婆已经在另外一个世界生活了十八年，如果那里的年岁也和人间相同计算，这回她应该不会不上学了，而是已经高中毕业，快考大学了。外婆，你就考文科吧，这样你也可以当个诗人了。从前，我写作的时候，外婆会在我身边扫地，还让我把脚抬起来。我朝她发火："人家要写作！"外婆，等你当了诗人，你就知道，写作的时候，是不可以把脚抬起来的。

外婆，你能听见我说话吗？

如果你能听见，是不是会说：“大宝，你的声音还是和以前一样的。”

可是，外婆，我有很多白头发了，我都快老了。

“你这个小孩子，黑头发到哪儿去了，那么好的黑头发！”是呀，我的黑头发都到哪里去了？

…………

“外婆，我没有每年的春天来看你，但是我一年四季都想你。”我的想念不是只在春天。

外婆一定说：“大宝，我知道。”

好像也用不着费力去怎么赏析。因为这些文字已经单纯和清浅到不能再清浅了。你只要安静下来，轻轻地，平静地，多读上几遍，就不难体会到一种感动的力量，一种文学性。它的文学性和抒情性，就像春天的油菜花的芬芳，融化在每一朵花，即每一个文字里。

世界为你而存在

巴尔扎克是怎样写作的

*

《人间喜剧》已成为人类文学史上一座罕见的、巍峨的文学丰碑。

外国的著作家，包括作家甚至作曲家们，都喜欢在自己出版的作品的扉页或卷首，印上一两行或一段题赠，有的题赠给亲人、导师、恋人或朋友，也有的题赠给自己所崇拜和追慕的某位遥远的精神偶像。海明威写在《老人与海》上的题赠，是献给自己的编辑的。

巴尔扎克几乎每一部作品也都有题赠。他在长篇小说《两个新娘的回忆》（“私人生活场景”之一）这部作品的扉页上，也留下了一大段题赠献词，是献给同时代的女作家乔治·桑的。献词如下：

亲爱的乔治，拙作的题赠诚不能给您的大名锦上添花，您的大名倒必将以其神奇的辉煌反照拙作；然而，我并非有意借光，也不是故作谦虚。我谨借以证明我们之间的真正的友谊；这友谊在我们外出旅行、天各一方时继续不断，更不因工作繁忙和世情刻薄而稍有淡漠。这种感情无疑是永不变质的。凡拙作所题赠的朋友们的大名，均使我在卷帙浩繁的著述所引起的痛苦中，得到一种愉快，因为拙作问世，无一不伴随痛苦，别的姑且不说，仅我咄咄逼人的多产，就招致多少非难，仿佛我眼前的世界并没有如此丰富似的。乔治，如果后世有哪位专事考证残本孤笈的行家，发现拙作所题赠的大名，尽是一代赫赫伟人，且襟怀高尚，友谊圣洁，堪称时代的英豪，不亦为一大美事吗？我岂不能更为这种牢靠的幸福而骄傲，少为总有争议的成功而沾沾自喜吗？对于认识您的人来说，能自称是您的朋友，实在是一种荣幸，正如敝人有幸，自称是您的朋友。

特·巴尔扎克

1840 年 6 月于巴黎

撇开对乔治·桑的恭维、赞美和致敬的感情不说，巴尔扎克在这段献词里，其实还借机发了一点儿牢骚。那就是，许多作家同行，还有他的读者——甚至包括许多年后直到今天的我们这些读者，对他那“咄咄逼人的多产”的误解和非难，令他心中不舒服，遂有“世情刻薄”的感慨，以至于他只好反唇相讥，说出“仿佛我眼前的世界并没有如此丰富似的”这样反驳的话语。

众所周知，巴尔扎克是一位异常多产的作家，他一生为人间留下了一百六十多部作品，仅《人间喜剧》就有九十六部长篇小说。他的作品里出现了两千四百多个人物，而且是在不到二十年的艰辛岁月里完成的。这些作品，从各个侧面、全景式地展示了 19 世纪上半叶法国各阶层的社会生活，被称为了解法国社会的“百科全书”，而且也成为人类文学史上一座罕见的、巍峨的文学丰碑。

但是，许多同行和评论家，往往只看到了他异乎寻常的高产，甚至总是对他倚马可待般的写作速度能否保证作品的质量心怀狐疑，却对他在这些作品背后所付出的超常的劳动量和异于一般作家的耐心视而不见。这对巴尔扎克来说实在是有点儿不公平。因此，他需要利用一些合适的机会为自己辩解一下，包括利用写给乔治·桑的献词。

从巴尔扎克的一些传记里，我看到过他有这样一个创作时间表：从半夜到第二天中午，一直在写作；也就是说，他将在硬木椅子上一坐就是十二个小时，专心修改稿件和写作；然后，从中午到下午四点，阅读各种报纸杂志；五点用餐，五点半才上床睡觉；到半夜又起床，继续工作。每天的时间安排都是如此循环。他的传记作家说：“每过三天，巴尔扎克的墨水瓶就得重新装满一次，并且得用掉十个笔头。”

巴尔扎克每创作一部作品，总是将原稿和修改稿保存起来，最后装订成一大厚本，作为珍贵的礼物，赠给知心朋友。他大量的手稿，也因此得以保存下来。这些修改稿的数量相当惊人，比如，他每创作一部两百页左右的小说，修改后的稿子就会相当于原稿的十倍以上。他的出版人都熟知，他每写一部，少则修改几遍，多则十五六遍。有时候，他会把出版社排出来的印刷校样修改得面目全非，几乎等于重新写出了一部新作。这也正是巴尔扎克所说的“拙作问世，无一不伴随痛苦”的一个原因吧。从这个意义上讲，巴尔扎克不仅无愧为一位“伟大的作家”，同时也称得上是一位“十分敬业的作家”。

你读过小熊帕丁顿的书信吗？

看到的是玫瑰和光明，长大了，他的心里就会有玫瑰和光明。

世界上最有名的小熊之一

小熊帕丁顿的形象诞生后不久，英国《教师》杂志就盛赞说：“小熊帕丁顿与小熊维尼一起，成为英国儿童文学有史以来最令人难忘的小熊。”如今，人们甚至把小熊帕丁顿誉为“伦敦的文化名片”、英国的友好使者以及纯真童年、快乐冒险的代名词。

我们先来看看小熊帕丁顿的非凡的履历：他曾经陪伴撒切尔夫人出席过会议；他曾经担任过联合国儿童基金会“友好大使”；他曾经在英吉利海峡隧道开通时，当选为第一个通过隧道到达法国的礼物；他曾当选为英国皇家邮政特别邮票册中的形象；伦敦火车站为他建立了永久的纪念铜像；2014 年，根据儿童小说《小熊帕丁顿》改编的电影《帕丁顿熊》在上海博物馆举行首映式时，威廉王子不远万里，从伦敦风尘仆仆赶到中国为他站台……

作为享誉全球的儿童小说名著“小熊帕丁顿”系列，迄今已翻译成四十多种不同语言在世界各地出版，相继入选英国《长大之前一定要看的1001本童书》《英美儿童文学畅销书40本：留在心中的名作》《世界少男少女文学：幻想文学50本》等各种推荐榜单。根据小熊帕丁顿的故事改编的电视连续剧，也成为世界许多家庭和孩子欢迎的节目之一。与此同时，作为“小熊帕丁顿之父”的作家迈克尔·邦德，也因创造了小熊帕丁顿这个杰出的儿童文学形象，以及在儿童文学领域的卓越贡献，曾荣获英国女王颁发的“不列颠帝国勋章”。

小熊帕丁顿的十五封信

如果你是第一次接触帕丁顿小熊，这些新鲜的故事会让你着迷。即使你曾经接触过帕丁顿的趣闻逸事，那我相信这本书里的故事依然会让你感觉趣味盎然。因为在帕丁顿这么多的冒险经历中，发生了太多值得津津乐道的事，每一桩每一件都独特而新奇。

这是作家迈克尔·邦德在小熊帕丁顿书信集《来自帕丁顿的爱》的开头，写给小读者们的话。

很久以前的一个晚上，远洋客轮“卡列尼娜号”载着小熊帕丁顿驶离秘鲁利马的港口，启程前往欧洲旅行。“记得来信！”露西婶婶在客轮的汽笛声中叮嘱小熊帕丁顿说。

小熊帕丁顿没有辜负露西婶婶的期待。这本《来自帕丁顿的爱》收入了小熊帕丁顿从远方写给婶婶的十五封书信。按照时间顺序，他向婶婶讲述了自己来到伦敦后亲身经历的各种故事。例如到伦敦后，他被布朗一家收留，开始了一种全新的生活；他和伦敦一家古董店的老板成了好朋友；还有，他和喜欢管闲事的邻居柯里先生之间产生了一些小摩擦；等等。这些书信写得十分细致，文字清澈而温暖，字里行间闪耀着一种明亮的童真之美，散发着来自童心的爱的芳馨，也让我们看到了小熊帕丁顿在伦敦度过的一段快乐、新奇、灿烂和恣意的成长时光。

现代社会里，每个人的生活节奏都变得那么匆忙而急促，书信这种曾经流传了数千年的表达形式，更是几乎成了一种奢侈品。把自己最想说的话悄悄地写在几页素净的信笺上，然后装进信封，贴上邮票，投进绿色的邮筒，过些日子，“绿衣天使”就会把这封信送到收信人手中……这样的表达形式，曾经带给人们诸多想象、好奇和期盼。智慧的作家采用书信体的形式，通过小熊帕丁顿的亲历和自述的口吻来讲述故事，不仅完美地契合了一种天真烂漫的儿童视角、儿童心理，同时也呈现出一种生动活泼、清浅明亮的儿童叙事方式。

所以，阅读这本书信集，除了每一篇书信里所讲述的故事本身，小读者还可以领略到一种《寄小读者》那样的书信之美，感受到书信体里特有的那种“诗与真”。

温馨的教育诗

最美好的儿童文学，一定能给孩子们带来光明、快乐和幸福，一定会展现出通达、善良、美丽的人性，传递着健康的、美好的价值观。《来自帕丁顿的爱》就是这样一本清澈和明亮的心灵成长书，一阕温馨的儿童教育诗。

小熊帕丁顿在布朗先生家所度过的天真、无拘无束的每一天；格鲁伯先生带着好奇的小熊帕丁顿参加拍卖会，邻居柯里先生与小熊帕丁顿的秘密约定，让一个小孩子的好奇心、参与欲和创造之心得到了充分的尊重与满足；小熊帕丁顿在参观白金汉宫时，独创了进出迷宫的方法：沿路在树枝上抹点橘子酱，然后再沿着这些记号原路返回……透过小熊帕丁顿经历的一个个真实的故事，我们不仅看到了小熊帕丁顿那颗好奇、乐观、公正的心，看到了他清澈、真诚和充满善意的目光，更重要的是，我们看到了一种健康、灿烂、恣肆的儿童生活状态，看到了一个童心蓬勃、生机盎然的童年。

毫无疑问，作家通过一封封书信，传递着一种正确的、美好的儿童教育观，只不过他写得非常机智，像咖啡的香气完全溶解在咖啡杯里一样，他的教育性也不露痕迹地隐藏在文学性和趣味性之中，没有给读者留下任何说教的感觉。正所谓“好雨知时节”“润物细无声”，只要描述得当，观点也就在其中了。

一本美好的童书就应该是这样：可以暖心，可以润身，更能够启智，能够养德。可以说，《来自帕丁顿的爱》里的故事，是诗人惠特曼的那首儿童教育诗的最好的注解：那个每天向前走路的孩子，他只要看到某一个事物，他也许就会变成那个事物。看到的是杂草和阴影，长大了，他的心里就会有杂草和阴影；看到的是玫瑰和光明，长大了，他的心里就会有玫瑰和光明。要相信在未来某一天或某个时候，他所看到的一切，都将成为他生命的一部分。

我们应该感谢书中的那位住在秘鲁的“退休熊之家”的露西婶婶，她凭着自己的阅历与智慧，“似乎预感到了随着时间的流逝，这些信件将会变得多么宝贵，因此她完整地保存了所有的信件”。

当然，还有特别值得肯定的是，小熊帕丁顿这十五封书信，语言清丽温婉，纯真的童趣与母性的柔情水乳交融，给读者完美地呈现了一个童趣盎然、亲情怡怡的童年世界，让我们看到了明亮、灿烂、健康和恣意的童年之美。

一个人怎样去布拉格

*

小小的比泰就在人们的尊重中获得了自己完整的人格，增强了一种自立于世的勇气和信心。

捷克是一个十分美丽的国度。在聂姆曹娃和玛耶罗娃的童话里，在尤利乌斯·伏契克的散文里，在恰佩克、普列瓦和哈谢克的小说里，在塞弗尔特和赫鲁宾的诗歌里，我们看到过碧波荡漾的伏尔塔瓦河，开满玫瑰花的贝德森公园，有着金色城池的布拉格，以及她明净的天空、古老的拱桥、油画般的花草与树木、葡萄酒一样醉人的嫣紫的黄昏……

第二次世界大战结束后，捷克人民在被法西斯的坦克碾压过的土地上，栽种了更多的绿树和鲜花，用勤劳的双手重新建起了自己美好、自由和幸福的家园。鲜艳的红玫瑰从金色的布拉格一直开到了捷克的每一个小乡村。

就在那些重建家园的岁月里，捷克的儿童文学家们也为自己所从事的工作画出了高尚和美好的蓝图。他们认为，只有那些全面发展的人、内心自由的人、充满人道主义感情的人，才能在为社会、为人民的劳动中认清自己的生活目的，并且唯有在这样的劳动中才能找到并获得个人的幸福。为此，他们开始一起用文学——确切地说是用儿童文学——的手段来尝试“培养人的可能性问题”。他们以此作为儿童文学的最高追求。

在这些睿智的儿童文学作家里，安徒生文学奖获得者巴福米尔·尔瑞哈（又译：博胡米尔·日哈）就是一位代表性的人物。

那么，请打开书橱，让我们从陈列着世界上优秀的那部分儿童书的位置上，去寻找这位作家的书来阅读吧。比如《杰克的乡村旅行》《“雨燕号”飞机》和“比泰三部曲”。

很好，现在，我已经打开了他的“比泰三部曲”的第一部——《我一个人去布拉格》。

瞧，无须作任何铺垫，故事就开始了——这位睿智的作家卓越的叙述才能，在这里是通过一段充满儿童趣味的对话显示出来的——

妈妈对七岁的儿子比泰说：“明天，你要去布拉格的阿姨家哦。”正在读一年级的比泰一脸惊讶地问：“那，谁要替我上学呢？”妈妈说：“你忘了，学校不是要放一个礼拜的假吗？爸爸妈妈都要上班，你留在家里，谁陪你呢？”

“就算是一个人看家，我也不会害怕啊！”比泰认真地说道。“那，坐火车，你也不会害怕喽？”妈妈又问。“为什么？”比泰不懂，坐火车有什么好害怕的。“因为，你要一个人坐火车，坐到布拉格。”妈妈强调说。“啊……火车里面，一直都是我一个人吗？”这时候，比泰才感到有点儿害怕。但是，他马上告诉自己，没有关系，他会克服困难的……

就这样，一直生活在乡下小村庄里、从没出过远门的小男孩比泰，要开始一次伟大的自助旅行了。目的地就是他的祖国首都——金色的布拉格。

那么，他一个人将怎样到达这个遥远的城市呢？这个陌生的大城市将会以怎样的面貌迎接这个小小的乡下孩子呢？巴福米尔·尔瑞哈在这里所要讲述的，就是这个七岁小男孩的布拉格之旅的故事。

巴福米尔·尔瑞哈于1907年出生在捷克美丽的乡村。他在长满蓝色的矢车菊和金色的燕麦的田野上，度过了自己贫穷纯净的童年时代。他曾自豪地回忆说：“我们一家都是胸襟豁达的地道人。大人都能干活，能吃能喝，快快活活。他们从来把真诚看得比金钱珍贵，他们只跟不公道不合理过不去……”长大后，巴福米尔·尔瑞哈当了二十多年小学教师，成为捷克少年儿童教科书的重要执笔者之一。他在20世纪30年代初期开始儿童文学写作，1954年创作的儿童小说《杰克的乡村旅行》曾被翻译成十多个国家的语言文字，由此奠定了巴福米尔·尔瑞哈作为一位经典儿童文学作家的地位。1973年至1975年，在他年近七十岁的时候，他写出了另一部炉火纯青的传世杰作“比泰三部曲”。这部作品使他在捷克获得了最高荣誉——“国民艺术家”的称号，在国际上摘取了1980年度“国际安徒生奖”的桂冠。

“比泰三部曲”所写的是一年级小男生比泰的故事，这个故事在捷克早已是家喻户晓。《我一个人去布拉格》是“比泰三部曲”中的第一部，其中又分为两部分：“比泰去布拉格”和“比泰在布拉格”。

现在，比泰背着小小的行囊，已经跟着妈妈来到了火车站。妈妈是火车站的售票员，但她认为，到了火车站以后，一切都应完全靠比泰自己了。于是，妈妈径自走进售票窗口，而比泰却得跟着别人排队买票。这样，一个小小的幽默喜剧场面便出现了——

轮到比泰买票了。比泰用好大的声音说：“我要去布拉格的阿姨家。”“好，这是你的车票。”卖票的女人回答。比泰当然晓得那是妈妈，但他却装作一副不认识她的样子，对她说了一声“谢谢”。“钱呢？”卖票的女人问道。她那说话的口气，听起来完全不像妈妈。“我没有带钱。”比泰说完，脸跟着红了起来。“那么我来帮你付吧！”不用说，卖票的女人一说完，马上就换成了妈妈的脸，而且还对着比泰笑了起来。

这是一个幽默而细心的妈妈。她用这种方式完成了让儿子迈出单独旅行的第一步的训练，同时也教孩子懂得了，每一个人都应该尊重和遵守社会的规则。

火车开动了。比泰的旅程开始了。

小说家真是聪明，选择了火车这样一个看似很小其实很大的转动的舞台，让这个七岁的小男孩看到了一个流动的世界。随着乘客的上上下下，比泰认识了许多陌生的人，许多陌生的人也认识了一个名叫比泰的小旅行家。这可是他在自己的小村庄“利比采村”做梦也梦不到的一些陌生人啊！

他们当中有“比爸爸年轻、但是又比自己年纪大的”剪票叔叔；有看起来瘦巴巴的、两只脚总在半空中晃个不停，“一副看扁比泰的样子”的调皮男孩——幸亏他很快就在一个小站下了车；还有一位长发飘飘的美丽女生，她连比泰的名字都不知道，就张口对正在吃苹果的比泰说：“让我咬一口，好吗？”她有一个好听的名字叫亚鲁蜜拉。比泰觉得，她像自己的姐姐阿蕾娜一样美丽可爱。

火车上的所见所闻是平凡而又有趣的。比泰友好而有礼貌地对待每一个人，每一个人对比泰都很客气。无论是剪票叔叔还是其他乘客，都不因比泰是个小孩而对他有所轻视。相反，他们都把比泰当作大人一样尊重。比如剪票叔叔，刚开始还对比泰有所怀疑，觉得“眼前的这个小孩子，实在是太小了，小到不可能一个人旅行”，因此剪票时他不住地问：“你妈妈呢？”“你爸爸呢？”“你为什么没有跟他们在家呢？”可是当比泰告诉他说“我要去布拉格的阿姨家”时，剪票叔叔对比泰肃然起敬了：“哦！原来如此。”

小小的比泰就在人们的尊重中获得了自己完整的人格，增强了一种自立于世的勇气和信心。所以，当火车到达终点站布拉格时，比泰已经充满信心地觉得，“不管布拉格这个城市有多大，我都不再怕了”。

在这里，我们可以领略到巴福米尔·尔瑞哈作品一贯的主题，那就是：尊重童心，保护儿童完整、独立和自主的人格世界。他希望自己的作品不仅能送给孩子们一些快乐，更能够带给他们一些生活的自信。从这一点上讲，巴福米尔·尔瑞哈的小说确实是“寓教育于儿童文学”的典范。

接下来，我们再看看比泰到了布拉格之后，又发生了一些什么事情。比泰有个很好的阿姨住在布拉格。她像比泰的妈妈一样细心，懂得尊重和保护孩子的心灵。比如在电车上，比泰旁边坐着一位戴帽子的高傲小姐，她的皮包掉到了地上，比泰连忙弯下身帮她捡了起来。可是这位小姐接过皮包，只是动了一下帽子，就面无表情地继续看着别处了。这让比泰觉得有些委屈。

“阿姨，我有事想偷偷问您……”比泰忍不住对阿姨说。阿姨便低下头，把耳朵凑到比泰的嘴边。“那个小姐，怎么没有跟我说谢谢呢？”比泰问。阿姨当然一下就感觉到了什么。为了不使比泰的心灵留下哪怕一丝微小的阴影，细心的阿姨连忙试探地回答：“大概是你没听到吧！”“才不是呢，刚刚一直都很安静啊！”比泰用很小的声音说。“那，我代替她跟你说谢谢好了。你真是个有礼貌的好孩子啊！”阿姨用这样的方式安慰了比泰天真和纯洁的心。

还有一次，阿姨带比泰到布拉格动物园去看动物。比泰向阿姨提出一个恳切的要求：“我想从动物园里，带一只动物回家。”因为比泰想到了他爸爸很喜欢动物，只是“他到现在都还没有一只和动物园里一样的动物”。聪明而细心的阿姨并没有粗暴地拒绝比泰的这个天真的愿望。她对比泰说：“我对这个，也很有兴趣啊！”

谁也不会想到，比泰看中了一只小河马。“我就挑这一只。”他高兴地说。这时候，阿姨故意装作不放心地问：“带它回家以后，要放哪里呢？”“让它住纪德利那河啊！”比泰说。纪德利那河是他们村边的一条美丽的小河。“我要和我的朋友——布拉斯奇克，一同坐在河马的背上，绕纪德利那河一周。”“我看，这个主意应该不成问题才对。”阿姨接着又问：“你打算带着河马一起坐火车吗？”

比泰一听，觉得是个问题，开始有一点点不安了。“搭火车时，它会不会把踏板弄坏呢？它可以从车门挤进车厢吗？”阿姨一边说一边露出一脸的担忧。“说的也是。”比泰不得不承认这些事实，便接着说，“而且，我在想，大概也没有人会卖给我河马的车票吧！”

比泰终于懂得了，小河马留在动物园虽然很无聊，但是，它无论如何都必须住在里面。而帮助比泰懂得这个道理，并且欣然接受了这个事实的，正是循循善诱的阿姨。她用心倾听了一个孩子的奇特而美好的愿望，充分尊重和理解了孩子的想象，然后帮助孩子及时修正和改变了那些不切实际的想法。

这当然也是小说家巴福米尔·尔瑞哈的良苦用心。他在写给“国际儿童图书日”的献词《让全世界的孩子都有书读》里，说过这样一段话：

有幸成为给儿童写书的人，我愿意把从书中得到的知识全写进自己的书里，告诉孩子们。在我书里的行行页页中，我投入了我自己最好的品德……我的每本书中都渗透着我所说的某一点（好的品德），每一点都像一颗种子。至少我认为是这样的。小读者们可以把这一粒粒种子收藏起来。很可能，这在他某一天要作出什么决定时有所帮助。当他该说是的时候就会说是，该说不的时候就会说不。我觉得我的读者读了我的书以后，会比他没有读以前要幸福些。读了我的书后，他会更想去做点儿什么事。

这就是说，巴福米尔·尔瑞哈的书，是真正能够帮助人们心灵成长的书。这样的书，对于孩子来说，尤其宝贵。不是吗？当比泰在布拉格度完了假期，告别了亲爱的阿姨，重新坐上那朝着利比采村的方向奔驰的火车时，难道你没有感觉到，他显然已经长大许多了。

最后，我想说的是，巴福米尔·尔瑞哈不仅是一位理解儿童、尊重童心，善于“寓教育于儿童文学”的智者，而且也是一位文心独运、擅用儿童语言的圣手。他仿佛有一种神秘的力量，能让最普通、最平凡的故事充满迷人的魅力。比如他写比泰在火车上肚子饿了，拿出三样东西来吃，先吃巧克力，再吃卷心面包，最后要吃苹果了。这时候，作者写道：“苹果一想到现在该轮到它了，就吓得全身发抖。”

类似这样精致和精彩的细节,你在他的作品里随时可以看到。

谁也不愿打碎的烫石头

*

他这一辈子，活得挺充实的，不需要再从头活起。

想起来，已经是很久远了！是啊，是那样的久远啊！

在那贫困和寂寞的年代里，在一个风雪弥漫的冬天，在我的故乡，那个仿佛被冻僵了的小山村里，我读到了阿尔卡蒂·彼得洛维奇·盖达尔创作的一个美丽的童话《一块烫石头》。

村里有个孤老头。他身体很坏很坏，靠编篮子啊，缝毡靴啊，看守农庄果园不让孩子进去啊过日子。

很久以前，他从老远什么地方到这村里来，可大家一眼就看到，他吃够了苦头……

这个故事里讲到，不久前，村里一个叫小伊凡的孩子发现了一块奇怪的烫石头。烫石头上刻着这样一行碑文："谁把这块石头搬到山上打碎，他就能返老还童，从头活起。"小伊凡立刻想到了那位满脸伤疤，又是瘸腿的孤老头儿。小伊凡想道："大伙儿都说他一辈子吃够了苦，他年纪大了，孤单单的，挨过打，遍体鳞伤，不用说，他从来没得到过幸福，别人却得到过。不如就让这位不幸的老头儿过一下好日子吧。"

可是，小伊凡并不知道老头儿原来是位曾经在保家卫国战争中英勇战斗过的老战士。在战争中，他的腿被打断了，牙被打落了，脸被砍伤了，现在当然是又老又残，满头白发了。但他对自己光荣的历史是那样珍惜和自豪，无论小伊凡怎样劝他，他都不愿砸碎那块烫石头。他说："傻伊凡，难道这不是幸福吗？我还要另一个生命做什么呢？我还要另一次青春做什么呢？我曾经过得很苦很苦，却是既光辉又荣耀啊！"就这样，烫石头一直躺在山上，谁也没去动它。

盖达尔的这篇童话是这样结束的：

我有一回也到过那山上。当时我正心中有病，情绪很坏。我想：怎么样，让我把石头砸碎，从头活起吧！

可是我站着站着，及时改变了主意。

我想，邻居们看见我返老还童就会说："哈哈，瞧这小傻瓜！他显然没能把一辈子像样地过好，得不到自己的幸福，如今又想从头再来一次了。"

啊，多么神奇的一块烫石头！多么伟大、可敬的孤老头儿！

那时候，我大概十五岁。读着这美妙生动的故事，我不禁想到——后来又知道，青年女英雄卓娅初读盖达尔的《蓝碗》和《鼓手的命运》时，曾产生过同样的想象——能写这么好的故事的人，他本人一定也是很好的人……

实际的情况也正是这样。盖达尔的一生就像是一部伟大的童话或小说。他是受世界各国孩子们喜爱的作家，更是令孩子们敬佩和爱戴的英雄。“伟大的盖达尔叔叔”的形象，永远清晰地屹立在过去的一代代孩子们的心中：结实、匀称的高个儿，常穿一套黑色制服，蹬一双高筒马靴——这是英俊的指挥员的身材与装束；冬天穿一件毛皮短大衣，头戴一顶毛皮高帽，圆脸，双眼炯炯有神，看上去又像雪原上最敏捷的猎手；他的脸上时常带着快活和调皮的微笑，浑身透出开朗、豪爽、果断的气概，足可以在三分钟的时间内，就让任何顽皮的孩子都会情愿根据他的一句话，去完成任何英雄行为。而更重要的是，盖达尔“永远是少年儿童的辅导员”。他用他一生的行动和追求，用他生动美妙的小说、剧本和童话，教导孩子们懂得了许多光荣和崇高的字眼。

正如与盖达尔同时代的作家满怀敬意地说过的那样：盖达

尔无论是作为少年儿童的品格榜样，还是作为杰出的儿童文学作家，他的生命历程和业绩都是生动感人、饶有魅力和富于教育意义的。

啊，的确是非常久远了……即便是这样的久远，我仍然还记得，在北方的乡村联中里念初中时，我向学校团组织递交的第一份入团申请书上，就引用过“伟大的盖达尔叔叔”的话——那是他的最动人的小说之一《丘克与盖克》的结尾的句子：

什么是幸福？每个人有自己的见解。但是所有的人在一起都知道和了解：应该正直地生活着，辛勤地劳动，并且热爱和卫护着被称为祖国的广大的幸福的土地！

此刻，想起这些来，我感到无比的喜悦和无限的温暖。那个纯朴、懵懂却天性浪漫、富于理想和朝气的乡村少年，正在向我走来，沿着那黎明时分的山坡，沿着白雪皑皑的村外的小路……但我旋即又生出一丝苦涩的怀恋，一丝揪心的怅然。我们已经不知不觉地失去了多少美好的和崇高的东西啊！难道仅仅是因为时间的久远吗？

别的且不说，单是盖达尔，这个“勇往直前的骑手”的名字，在我们今天的新一代少年儿童中间，又有多少人知道呢？这也就是我要把这篇文章继续写下去的原因——让我们一起，怀着对往昔的珍惜与热忱，重温一下盖达尔壮丽和高尚的一生……

盖达尔是在战争和革命的血火中诞生和成长起来的浪漫少年。他自幼就是个浪漫的理想主义者。十四岁那年，他“遇上了好人——布尔什维克”，于是参加了苏联红军，成了一名少年战士。他在自传中写道：“我被派往前线，跟彼得留拉匪帮，跟波兰白军，跟高加索白军，跟安东诺夫匪帮作战，最后在蒙古边境同敌人打仗……我记忆中最重要的一点是：一支红军却要顶住世界上所有白军的围攻，红军是那样所向披靡，那样顽强，那样对敌人无比仇恨……”

钢铁是在战火中炼成的。盖达尔说，他曾亲手掩埋过成百上千个倒下的战友的遗体。在他十六岁时，他已经成长为一名出色的指挥员了。

他的整个少年时光，都是在红军队伍中，在浴血征战的前线上度过的。这是一个怎样的年轻而浪漫的指挥员啊！他回忆说：“我那时非常年轻，论指挥部队打仗，不用说赶不上恰巴耶夫（又译：夏伯阳，苏联家喻户晓的英雄人物）英明。可在我说来已经把吃奶的力气全使上了。曾经有一次，我被敌人围困，我往外望了望，心里寻思：要是我解下这指挥刀，把枪一交，去和孩子们打打棒球该有多美啊！”

他多次在激烈的战斗中身负重伤，正当二十岁时却被迫退伍。他向自己的军长、著名将军伏龙芝写了一封长信，试图要求继续留在部队，继续过那朝夕征战的生活，但未获批准。不过，精明的将军却从盖达尔的书信的字里行间，看到了他的另一种才华——写作的才华。在伏龙芝将军的办公室里，他们有过一番这样的对话：

“我曾和一位作家谈过我的经历，他要把我的经历写成一部书。”盖达尔说。

“为什么你不自己动手来写这部书呢？”伏龙芝问。

“我？”盖达尔有些吓着了似的。

“是的，就是你，就是你！”伏龙芝重复着说，“你会写得很有趣的。你参加红军时还是个娃娃呢，你的书一定能让新一代孩子受到教育……”

就这样，盖达尔听从了将军的劝告，放下了他心爱的军刀和手枪，拿起笔来，从此开始了他的文学生涯。不过，文学创作对于他来说，无非是换上另一种武器，继续履行他战士和指挥员的职责。他所驰骋的是另一片战场，他所指挥的是另一个

“兵团”。

正如他曾经幽默地说过的那样：

有朝一日，后代的人们会恍然大悟：在世界上曾有这样一些人，“狡猾”地把自己称为“儿童文学作家”，表面上看他们是在写东西给孩子们看，其实呀，他们是在悄悄地训练一支坚不可摧的红星近卫军哪！

盖达尔正是怀着这样重大的神圣的使命，开始了他的新的生活。不过请注意：“盖达尔最主要、最惊人的特点，是根本无法把他的生活和他的作品分开。盖达尔的生活似乎是他的作品的延续，有时也许是他的作品的开端……”（巴乌斯托夫斯基语）

盖达尔天生是一个浪漫好动的人。他不习惯于坐在办公室里，趴在写字台上写作。他也没有这样的办公室和写字台。他一刻钟也坐不住。他喜欢东奔西跑，周游祖国各地，同各种各样的人谈话并生活在一起，包括马车夫、采石场的工人、退役老兵、乡村老头儿，尤其是城市和乡村的孩子们。他小时候就离开了他的出生地——宁静的小城阿尔扎玛斯，从此他不再有一处完全固定的住处。直到他牺牲时，从来没有一个固定的家。但是，整个苏联的大地，处处都是他的家。

他先是作为红军的一员征战于祖国的各地。现在，作为一名作家和记者，他的足迹又踏遍了祖国西部和远东，克里木和乌克兰，卡马河和顿河两岸，乌拉尔，梁赞省的美肖尔森林，莫斯科郊外……那广袤的土地。他说：

我将尽可能多地在生活的旋涡中翻滚旋转，当十二分的劳累和疲倦把我按在绿草如茵的河边时，我也能为自己充沛的力量和自己看得和知道得比别人更多而感到自豪。

就是在这样的走遍大地的日子里，他的一篇篇饱含着时代的风云，也传达着时代的声音的瑰丽和浪漫的作品诞生了。它们有的诞生于城市，有的则完成于乡村；有的写在颠簸的火车上，有的完成于硝烟弥漫的战场上……

他的小说代表作《铁木儿和他的队伍》，就是在莫斯科远郊克林写成的。那里有一间他自己盖的小平房，作为他临时的工作室。屋里有一张桌子、一把椅子和一张铁床。床上是他的洗得发白的军用被；床头挂着他那支心爱的小口径步枪，还有一副他当团长时用过的望远镜。他在简陋的小屋里组织和指挥着铁木儿的红星小队……

还有那篇美妙的童话《一块烫石头》，是他在莫斯科郊外列宁山上的采石场旁完成的。“我来的地方可远啦！”他告诉采石场的孩子们说，“我从莫斯科来。我的名字叫阿尔卡蒂·彼得洛维奇·盖达尔，‘盖达尔’就是勇往直前的意思。”孩子们立刻和他成了朋友。就在其中一个名叫萨什卡的孩子用铁条在一块红石头上猛击，银白的火星四面爆溅的那一瞬间，盖达尔获得了灵感。他掏出小本子和蓝铅笔，飞快地写下一行小字：一块烫石头……盖达尔就在萨什卡家里借住了两天。两天里，孩子们只听得萨什卡的八十六号蘸水笔尖被那个人弄得在纸上沙沙作响。两天后，他们听到了盖达尔的这个奇妙的烫石头的童话故事……

盖达尔写作，还有一个有趣的习惯：他常常是一边旅行一边想着自己的作品，当想好的作品一段段地在他的头脑里形成雏形时，他就随手找一本学生练习本，或者拿来一叠办公用纸，匆匆记录下他想好的段落。每写好一页稿纸，就在边角上画上一颗五角星作为记号，一直都这样，五角星伴随着他的每一篇作品，和每一次签名。就连给人家的赠书上，他也在签名之后再画上一颗五角星。

这一点，正和他的想用文学“训练一支坚不可摧的红星近卫军”的理想不谋而合。不，也许一开始就是步调一致的。是的，他是一个使孩子的心灵感动得流泪的极为出色的讲故事的人。他的想象力总是那么丰富和美好，好像一分钟也没停息过。他把其中的一部分注进了他的作品，而另一部分（而且是很大的一部分）则被他花费在自己一生的每一天里，这使他在成为一名优秀的作家的同时，又是一个同样优秀的、善良而真实的人。

他有时像军人一样严肃，有时像孩子一样调皮；有时像少女一样文静，有时像诗人一样激动不已。他每天都是那样热情饱满、精力充沛。他从容地看遍了他所处的那个“不平凡的时代”里所发生的种种新鲜事，而且极其敏锐地看到了那个年代里迅速成长起来的一个个新人。他把这些人与事都写进了作品中，告诉了当代的孩子们，而且讲述得比谁都好。

《学校》《远方》《军事秘密》《鼓手的命运》《丘克和盖克》《蓝碗》《林中烟》……贯穿在这些作品里的，是生动明亮的英雄主义、爱国主义、集体主义、乐观主义和浪漫的理想主义。它们深入到了孩子们的心灵深处，自然而然，如春风化雨，润物无声，而绝不是蹩脚的说教或硬性的推销。他说过：“作家应该对孩子们解释‘荣誉’‘旗帜’‘勇敢’和‘真理’这一类词。”但他同时也深深地明白，“要是没有技巧，没有窍门，你的滚热的心就会像一颗没有目的、没有意义的发射出去的信号弹一样，一下子突然燃烧起来，立刻又熄灭了，什么也没有表现，白白地消耗掉了”。即便是在语言、用词这些惯常被一些人视为“似乎微不足道的东西”上，盖达尔也总是对之进行反复的推敲，直到再合适不过了，他才欣然罢休。

散文家巴乌斯托夫斯基曾经和盖达尔一起在美肖尔森林深处的索洛特恰村住过，并一起进行写作。他亲眼见到了盖达尔是怎样构思作品（如《鼓手的命运》等好几篇小说）的，怎样推敲词句的，也由衷地称赞盖达尔的作品在语言上堪称是“铸造的散文”：精确，生动，其中没有任何多余的东西，仿佛是用青铜，甚至用黄金铸造的，贵重的金属一丁点儿都不会浪费。

1941 年，苏联卫国战争开始了。

在这之前，盖达尔作为一名忠诚的战士，他预感到他的祖国将受到法西斯的威胁。他希望他笔下的新人们对新的战斗能有一种思想准备，也期待着他的读者们在战争面前不要被吓倒，而应该建立起一种强大的信念：用斗争去赢得胜利！所以战争爆发前，他在向罗斯塔夫的少先队员们讲解他的小说《军事秘密》时，是这样题词的：“应当成长起一代现在不知道将来也不知道失败的新人来。”

战争爆发了，他所预感和担心的事终于发生了，德国法西斯的铁蹄踏进了苏联的国土。盖达尔觉得，他必须重新出征了。他迫切要求重返前线，但因他的健康状况而未获批准。他把装满子弹的皮带系在腰间，腰侧挂一支装在棕色枪套里的手枪，随时准备出发。

1941年8月，他以《共青团真理报》战地记者的身份奔赴西南前线，做战地宣传工作。他通过电台，向全苏联的孩子们发出了号召："孩子们，祖国关心你们，培养你们，教导你们，抚爱你们，甚至于溺爱你们。你们怎样尊重祖国，怎样拥护祖国和热爱祖国呢？现在是该你们在行动上表现的时候了！"

他知道自己差不多已经成为孩子们的"精神领袖"。他希望他的"小队"在这场战争中干得漂亮，让祖国满意。

有一天，从白俄罗斯和乌克兰送来了一车被战争夺走了亲人的孤儿。盖达尔站在一位小姑娘的身旁。他看到，她的金色的小辫子被大火烧去了一截儿。有人告诉他，法西斯匪徒当着小姑娘的面把她的妈妈给杀害了，而她的爸爸正战斗在前沿阵地上。

盖达尔含泪抱起了小姑娘。仇恨的火焰在他的胸中燃烧着。第二天，盖达尔两眼通红，向人们朗诵了他刚刚写完的电影剧本。这是剧中的团长亚历山大罗夫——一位父亲同时又是一名战士的悲壮的誓语：

然妮娅！当你听到我这些话的时候，我已经战斗在抗击法西斯的前线了。亲爱的小女儿，战争开始了，一场空前残酷的战争开始了……

我以一个双鬓斑白的老指挥员的尊严向你起誓，在你还很小很小的时候，我们就已经看到这个敌人，并准备着以殊死的战斗去击败它。那时候，我们就起誓要战胜它。现在，到了实现我们的誓言的时候了……

盖达尔被那崇高和壮烈的激情感动着。他的声音势如雷霆和风暴，掠过人们的心头。他左手把手枪枪套扶正，双目好像要喷出烈火。他继续朗诵着团长（其实就是盖达尔自己）的誓语：

你也起誓吧！就说：为了我们前方所有的指战员……在离前线很远很远的地方，我们要诚实、谦逊地生活，好好学习，顽强工作，勤勉劳动。只有这样，当我们想起你，思念你，甚至在枪林弹雨中浴血战斗时，我们才会感到幸福和骄傲，并且放心……

这个剧本，成了盖达尔生前完成的最后一件虚构作品。

同年9月，他参加了哥里洛夫游击队，当上了一名机枪手。他一手拿枪，一手拿笔，转战在山谷丛林之中。不久，他所在的部队陷入了敌人的包围之中。部队首长几次要用飞机把他送回后方，但盖达尔执意不肯离开游击队。他留下来和奥尔洛夫上校及其队员们一起参加了艰险的突围战……

10月26日，盖达尔带领四名游击队员在乌克兰第聂伯河边的坎涅夫城附近进行侦察。当他们摸到列普利亚瓦村边时，法西斯强盗发现并包围了他们。罪恶的子弹射穿了盖达尔伟岸的身躯。他倒在了血泊之中，最后看了一眼他亲爱的祖国的山川大地和雾的天空……

一位才华横溢的伟大的作家，一位出生入死的英勇的战士，一位精忠报国的善良的赤子，就这样在卫国战争中献出了自己年轻的生命，年仅三十七岁。他的遗体被战友们安葬在第聂伯河岸的一个公园里，和乌克兰伟大的儿子、被称为“人民幸福的喉舌”的诗人谢甫琴科的坟墓并排在一起，巨大的纪念碑面对着高耸的第聂伯河的断崖，面向着古老的苏联大地……

盖达尔曾在《学校》这部带有自传色彩的小说的最后，假借指挥员希巴洛夫的口问一个少年：“你多大了？”“快十六岁了。”“正中我意……马拉金，你知道十六岁意味着什么吗？

那意味着他将看到你我都看不到的事情啊……”

盖达尔的希望没有落空，那批十五六岁的孩子早已长大成人了。他们果真成长为盖达尔生前致力培养的一代“红星近卫军”，而且有的直接追随着盖达尔这位伟大的叔叔，为一个伟大的理想和信仰，完成了同样壮丽的献身！他们的名字是：奥列格、丹娘、卓娅、马特洛索夫……

盖达尔是战士和作家完美统一的化身。他在文学上的“继承人”之一的列夫·卡西里，在为《盖达尔文集》第四卷所作的序言中这样写道：“帮助成长中的孩子认清他们应当去占取美好的未来大厦建设者的位置，认清他们‘最重要的’是成为人类幸福生活的斗士，成为保卫世界安宁与和平的战士，这是盖达尔能够用朴素得让人惊叹不已、让人不得不佩服的作品帮助孩子们认清这些重要道理的魅力所在。”盖达尔的同时代人、另一位优秀的儿童文学家、安徒生文学奖获得者谢尔盖·弗拉基米罗维奇·米哈尔科夫，在《盖达尔传》的序言中，预言了盖达尔作品的不朽的性质：盖达尔帮助过孩子们成长，帮助过孩子们成为真正的人。不，不只是帮助过，现在还在帮助着。不是吗？今天的孩子们想必都会这样觉得，似乎盖达尔的作品并不是写成于许多年前，而是就在今天刚刚流泻自作家笔端……

现在，让我们再回到《一块烫石头》上来。请允许我为这个童话添上一个新的结尾，作为对盖达尔的感戴与怀念。

又是许多年过去了。不用说，那个孤老头儿早已离开了人世——他是带着无限的荣耀和自豪离开我们的。

小伊凡也变成老人了。他记住了老爷爷的话，勤勤恳恳地生活，得到过自己的幸福。如今，他虽然有时候也常去看看那块烫石头，却绝没有想砸碎它的意思。因为他觉得，他这一辈子，活得挺充实的，不需要再从头活起。所以，直到今天，那块烫石头依然在那山上原封不动。没有人愿意或敢于去砸碎它。

不过，谁在好好地生活，谁没有好好地生活，谁生活得正直、高尚和诚实，谁生活得糊里糊涂、不像样子，它可是看得清清楚楚的。

小男孩长大以后

*

毫无办法，写作就是一种宿命、一种献身。

罗伯特·鲁瓦克是美国著名的自然文学作家、探险家、小说家，还是一位家喻户晓的狩猎人，被誉为“第二个海明威”。《爷爷和我》及续集《小男孩长大以后》，是他带有自传性质的两本忆语体的成长小说。这是我近年来所读到的两部带有作家生命温度的儿童文学作品。

作者以清澈、细致和温暖的文笔，讲述了小男孩跟着自己敬爱的爷爷，在美国北卡罗来纳州一个宁静明媚的小镇上度过的快乐、幸福的童年时光。明媚的草木和田野，青青山谷和呦呦鹿鸣，人与自然声息相通、和谐相处的生长环境，温馨怡然、舐犊情深的祖孙关系，还有爷爷充满传奇色彩的故事，爷爷从来不向命运低头的积极明亮的人生态度，爷爷对小男孩循循善诱、润物无声的人格养成与传递方式……都在一章章富有童趣、诗意和散文之美的文字里缓缓展开，有如林间明澈的小溪的流动，光影斑驳，潺潺有声。一种自然、恣意、鲜活、健康的童年生活状态，一种丰盈、健全、明亮、高尚的少年人格范式，也得到了形象化和文学化的呈现。

童年时，小男孩和爷爷一起捕捉鹌鹑、钓鱼、猎熊、寻找狮子的踪迹，一起在森林的光影中徜徉漫步；长大后，小男孩又满怀着爷爷教给他的勇气、经验和信念，走遍了非洲、印度和美洲大地。在书中，他带着对爷爷深深的怀念和感恩之情，如是写道："我长大以后，如果学会了什么做人的道理，懂得体谅别人，内心有清晰的标准，自知生存的价值何在，这一切都是爷爷带给我的。"爷爷留给小男孩的故事和言行，是他一生最宝贵的财富。

除了《爷爷和我》及其续篇，《寻找维尼》也是我近来读到的一本"有温度的书"。这是一本讲述世界上著名的动画明星小熊维尼的诞生秘史的图画书，曾获2016年凯迪克金奖。

1914年，第一次世界大战期间，一位名叫哈里·科尔伯恩的加拿大兽医，在前往战场的途中从猎人手中救出一只小熊。哈里给它起名"维尼"，然后带着它一起上路了。哈里·科尔伯恩的曾外孙女娓娓道来这段不可思议的旅程——从加拿大广袤的平原、横穿大西洋的船队，直到英国的军营。最终，他们抵达伦敦动物园。《寻找维尼》的创作灵感，就来自那只真实的小熊的非凡故事。传统的童年成长故事，鲜为人知的诞生背景和历史细节，加上创作家丰富的想象力，使一个家喻户晓的童话故事重新获得鲜活的生命力，并且闪烁着历史和人文的光芒。值得特别称道的是，虽然这个故事有战争的背景，但没有正面展现战争的残酷，因为那对小读者来说也许暂时是难以接受的。所以苏菲的绘画插画线条柔和，颜色清雅。文字与绘画在《寻找维尼》中配合得天衣无缝，全书散发着温暖的童年关怀气息。

大凡作者用心创作的有温度的作品，都与生命的温度有关，甚至可以说，它们大多是作者“苦吟”所得，这绝非轻而易举之事。我想到了一个经典的例子。法国作家福楼拜，为了寻找到最恰当的艺术表现方法，或者最准确的词语，有时要绞尽脑汁，彻夜难眠。他在一封给友人的信中，写到自己在创作某篇作品时，有这样一个细节：“转折的地方，虽然只有八行文字，可是却耗费了我整整八天时间……已经快一个月了，只为了寻找那恰当的四五句话。”正是因为这种精心打磨、仔细推敲的工匠精神，福楼拜才能成为19世纪的一代小说大师。

福楼拜为后来作家们的创作留下了一个被称为“一词说”的宝贵经验。他告诫同行们说：“我们无论描写什么事物，要说明它，只有一个名词；要赋予它运动，只有一个动词；要区别它的性质，只有一个形容词。我们必须不断地推敲，直到获得这个名词、动词、形容词为止。不能老是满足于差不多，不能逃避困难，用类似的词句去敷衍了事。”写作从来就不是一项轻而易举的工作。在写给泰纳的信中，福楼拜还说到了他在创作上另一个极端投入而几乎难以自拔的细节：“当我写包法利夫人（长篇小说《包法利夫人》的主人公）服毒的时候，我嘴里满是砒霜的味道，我觉得自己也中了毒，以至于连续两次消化不良，真的是消化不良，因为我把晚饭全吐掉了。”他的母亲对他这种近乎自虐式的、全身心投入的创作状态，又是担心，又是心疼，说他再这样下去，“迟早会枯死在自己的文字里”。对此，福楼拜说：毫无办法，写作就是一种宿命、一种献身，“我对人生再没别的指望，除了在一张张纸上涂鸦。我觉得自己在穿越一份没有尽头的孤独，却不知道要往哪里去。我既是沙漠，同时也是旅人和骆驼”。

大鱼在爸爸的池塘里闪光

*

生活和历史是人人可以垂钓的溪流。

天还没亮，城市和大地还在睡梦中，暗淡的星星正在淡蓝色的夜空中闪烁着黎明前的微光，昆虫们还在草丛间和树林里轻声地唧唧歌唱。

这时候，爸爸悄悄叫醒了儿子。为了让妈妈继续睡觉，他们放低声音，蹑手蹑脚地离开了家门。

他们要去干什么呢？哦，原来是要去郊外的池塘里钓鱼。父子俩去钓鱼，可不是为了娱乐和消遣，而是因为生活艰辛，钓到的鱼可以当作全家人的食物。

两位美籍越南裔作者——作家丕宝和插画家裴施——共同创作的、获得 2018 年凯迪克大奖的绘本《爸爸的池塘》，讲述的是一个十分温暖又略带伤感的童年回忆故事。无论是文字还是图画，都来自两位作者童年时真实的生活经历与体验。所以，细小的成长纪事里，饱含着浓浓的亲情；平静轻淡的叙述语调里，释放着感动人心的温暖与力量。大鱼在爸爸的池塘里闪光，但是，在淡蓝色的曙色映照的清晨，爸爸帮助小男孩看见的和感知到的，却是一个比池塘要大得多的冷暖世界。

故事里的爸爸，是那样爱自己的家人，就像一棵大树，默默撑开自己的绿荫，庇护着全家人。他任劳任怨，辛苦工作，周六也不肯休息。他同时也用自己的故事和行动，默默地影响着正在成长中的儿子。他给儿子讲自己小时候失去哥哥的不幸经历，教儿子在清冷的黎明里自己动手，收集干燥的小树枝来生火，去体会生活的不易。

“要像一座火山。”爸爸这样提醒儿子说。表面上看，爸爸是在教儿子怎样生火，但是这句话，一旦留在儿子的记忆里，等他长大后，他也许就会这样理解：作为一个男人、一个父亲，他的生命，他对人生的态度，也应该“像一座火山”一样，永远充满强劲和喷薄的热情。

儿子在和爸爸一起钓鱼的过程中，也一点一点地从各种细节里，体会到了爸爸的艰辛与伟大，懂得了一个男人对家庭应该负起的责任。例如，爸爸在路上给他讲故事，在他听来，爸爸的声音就像“温柔的雨”；爸爸紧握着他的手时，他悄悄地感触到了爸爸手上的老茧，甚至爸爸微笑时露出的已经坏了几颗的牙齿，也没有逃过儿子的眼睛。通过自己收集干树枝生火这样的小事儿，儿子也真切地体会到了生活的不易。当他只用一根火柴就点燃了小小火堆，爸爸满意地朝他点了点头。虽然爸爸没有说什么，但读者完全能感受到，儿子从爸爸赞许的目光里得到了极大的快乐和自信。

“我小时候，常常在这样的池塘边钓鱼。”爸爸一边吃三明治，一边对儿子说。“和你的哥哥吗？”儿子问道。爸爸点了点头，然后看着别处。

这样的细节，看上去都是轻描淡写，但读者也完全能感受到，爸爸转过脸看着别处的时候，眸子里一定噙着泪水。只是，爸爸不愿让年幼的儿子为他难过。

故事里虽然并没有过度渲染爸爸那一代人在过去的年月里，所经受的战争、饥饿和背井离乡的艰难，但是读者不难体会，在儿子心中，其实已经有了对父爱的敬重感。当他们钓完鱼准备回家的时候，儿子已经有了这样的愿望：“我很想知道爸爸家乡池塘边的树林是什么样子。”这似乎也可以让我们联想到，年青的一代人对自己父辈们所经受的苦难和艰辛，包括他们的奋斗和伤痛，是愿意和渴望去了解的。

回到家里，妈妈看到父子俩一大早的收获，脸上洋溢着喜悦。这时候，爸爸已换好衣服，正准备去上班。临走时爸爸还不忘拍了拍儿子的背，对妈妈说：“我们孩子今天学会生火了，他干得非常漂亮。”

“你学得真快！”妈妈也这样夸奖儿子说。生活是艰辛的，妈妈也得去上班。临走时，妈妈叮嘱大一点的孩子说：“照顾好你们的小弟弟。”然后骑上自行车上班去了。

这时候，儿子隔着窗户，望着妈妈远去的身影，这样想道：

“爸爸妈妈都要上班，我很难过，但也不是太难过。我知道晚上他俩都会回家。”

他想象着，到了晚上，他们全家人将会围在小小的餐桌边，一起分享妈妈亲手做的煎鱼。在餐桌上，哥哥姐姐们又会讲些有趣的故事。妈妈会过问他们的家庭作业。爸爸会点头、微笑，半闭着眼睛吃东西。“味道不错。”爸爸会对儿子说。儿子也会快乐地点头、微笑。

然后，夜色来临了，一家人将进入各自的梦乡。“当我们睡觉时，会梦见遥远的池塘里的鱼。”

至此，在星星闪烁的、淡蓝的曙色里开始的故事，又在同样是星星闪烁的、淡蓝的夜色里结束了。

我们常说，一本虚构的小说故事，即使它再沉重、再忧伤，也永远比不上真实的生活中的沉重与忧伤。《爸爸的池塘》的动人力量，就来自最真实的现实生活，而且是平凡的普通人的生活纪事。那些“雀斑一样暗淡的星星”，是悬在贫困人家的屋顶上的，因此并没有像我们通常所见的星星那样，闪烁着宝石一样晶莹的光芒；当父子俩离开池塘回家的时候，虽然新的黎明已经到来，新的一天的太阳已经升起，但是，从车窗外透进来的阳光，只是淡淡的、略带伤感的蓝色和灰色，而不是耀眼的金色。这是故事里的小男孩——同时也是这本图画书的两位作者——童年记忆里真实的生活色调。

生活和历史是人人可以垂钓的溪流。溪流中游动着晶亮的鱼儿。有人这样说过：大人物从溪流中钓起来的是“历史”，小人物从溪流中钓起来的是“文学”。这个故事带给我们的，正是“文学”和感动。

这些“文学”由无数细微、平淡的细节支撑起来。细微成什么样子呢？你看看前后环衬页上那些小小的、琐碎的童年日常生活用品就不难感受到。

但是，这本绘本又以小见大，反映了一个“历史”的大主题。有多大呢？大到它想反映父辈那一代人的移民史，失去故乡的那种乡愁的隐痛，还有在异乡的艰辛的奋斗史……

书末附录的两位作者的创作自白，可以帮助我们更深入、更准确地去理解这个故事的真实背景。正如文字作者丕宝所说：

这段经历并不怎么值得感激，但现在自己也做了父亲，我想对父母的奋斗表示敬意，也想对他们偶尔讲起关于战争，关于我们从哪里来的故事，包括那些死亡和暴力的艰难故事，表示感激。他们跟我分享这些故事，并不是为了吓唬或刺痛我，而是这些创伤是我们过去生活的一部分，他们想让我明白这一点。我怀着同样的心意，把我们的故事呈现出来，让它流传下去。

迷路的小孩

*

当我们正在为生活疲于奔命的时候，生活已经离我们而去了。

人类与生活在地球上的其他生命相比，也许最大的区别是人拥有灵魂。灵魂是宝贵的，它是人类所拥有的一丝光明、一团永不熄灭的火花。所以，诗人丁尼生这样歌唱：

如果小小的灵魂有一半遭到了玷污，
那么，干净整洁的衬衣——
精致的皮靴——优雅的举止——
这一切堂皇的东西还有什么意义？

以前，哲学家们总是认为，人的躯体是灵魂唯一的栖身之地，灵魂是不能离开人的躯体而独立存在的。同样，人也不能失去灵魂。一个人一旦失去了灵魂，他就会陷入深深的、绝望的黑暗之中，他就会变得手足无措、无精打采，甚至疯狂。

然而，进入了纷纭复杂和高速运转的现代社会之后，人类的生命状态发生了剧变。在今天的哲学家、文学家尤其是童话家眼里，有时候，灵魂就像一个已经跟不上生命奔走的速度，而迷了路、被丢失的小孩，他可能正徘徊在傍晚的旷野上、林子里，或冷清的公园里四处寻找着自己的主人。

那么，他能够找到吗？他的主人会接纳他吗？

2019 年诺贝尔文学奖新晋得主、波兰女作家奥尔加·托卡尔丘克，与波兰插画家乔安娜·孔塞霍联袂创作的《遗失的灵魂》，就是一本讲述生命的快与慢、灵魂的丢失与寻找，甚至是时间的存在与消逝的哲学绘本。

该绘本中几乎所有的图画都是在黑白色调中完成的，而且画面上出现了许多浓密的、暗黑的树林。这不能不让人联想到迷失在“人生之中途”的诗人但丁所面对的那一片“黑暗的森林”。

冷清的公园，黑暗的林子，空旷的野外……也许就是今天每个人都可能面临的生存困境和迷茫、惶惑的生命状态。

如果有人能从高处俯瞰我们，他会看到这个世界上到处都是行色匆匆、汗流浃背、疲惫不堪的人，以及他们姗姗来迟、不翼而飞的灵魂……

作家在故事开始之前，先用了好几个对开画面，还有这段文字，描述了摆在每个人面前的这种现实困境。

然后，主人公出现了。故事开始了。

通常，一本绘本在讲述故事的时候，都是文与图互相搭配、互为补充、齐头并进的。但这本书不是这样，而是用了满满一整页的篇幅，几乎把这个故事的全部文字，都集中在这一页上，告诉了读者。

这样一来，后面的讲述，就全部交给图画了。

非要动用一点文字不可的时候，插画家也只用了两个字加一个省略号："等待……"放在图画右下角，一个几乎可以让你忽略掉的位置上。

不要以为这仅仅是一种简单的文图排列方式。不是的，这也许是两位创作家匠心独运的一种故事讲述方式。

由此可见，插画家对自己的图画语言十分自信。她要最大限度地保持图画的单纯性和独立性。

这种故事讲述方式，我们在俄罗斯插画家伊戈尔·欧尼科夫的绘本名作《狐狸和兔子》《老鼠的房子》里也看到过。

看过这一整页的文字，我们知道了故事主人公叫杨，他每天都在忙忙碌碌、辛劳地工作着。结果，不知什么时候，他的灵魂被他远远地丢在了身后。

没了灵魂，他依然每天还在生活着，睡觉、吃饭、工作、开车、打网球。然而有时候，他会觉得四周空荡荡的，觉得自己就像行走在数学笔记本里一张光滑的纸上，四周满是纵横交错、无处不在的网格线。

于是，我们看到，从这一页开始，还有后面的许多画面上，都出现了这种纵横交错、无处不在的网格线。

也就是说，主人公已经陷落在纷纭复杂、琐碎不堪的生活的网格之中，浑然不知，不能自拔了。

可以想象一下，今天，我们大多数人，不也是这样“病着”吗？

直到有一天，主人公真切地感到了一种恍惚不安，感到了胸闷气短、无法呼吸，感受到了无比的孤独，好像自己的躯壳里空空荡荡，他才明白，自己是病了！

幸好，一位年迈而睿智的女医生，给他诊断出了真正的病情：他是把自己的灵魂弄丢了！生命行色匆匆，灵魂跟不上生命的步伐，结果就会被遗失在某个地方。

女医生建议说，救治办法只有一个：“你必须找一个地方，心平气和地坐在那里，等待你的灵魂。它一定还停留在两三年前你所在的地方，所以这份等待也许会历久经年，但这是唯一的办法了。”

遵照医生的建议，杨在城市边缘的树林里，为自己寻找了一座小屋，每天就静静地坐在那里“等待灵魂”。

果真是等了很长很长很长的时间。好像等到了地老天荒，等到胡子长到了腰间……

最终，在某一个下午，他丢失的灵魂出现了，站在了小木屋的窗户外面。我们看到，他的灵魂是一个干净、单纯、可爱的小孩。

这时候，久违的文字，也跟着小孩重新出现在了画面上。

门被敲开了。他丢失的灵魂站在那里，疲惫不堪，风尘仆仆，伤痕累累。“终于——”它气喘吁吁地说。

谢天谢地，灵魂总算追上了他。他也等到了被自己遗失的灵魂。

那么，一个人一旦重新找到了失去的灵魂，他的生活和整个世界就会发生改变。这时候，我们看到，沉闷灰暗和阴郁的日子里有了鲜亮的色彩；那些无处不在的网格线也消失了；生活重新变得宁静、快乐、生机盎然。主人公杨甚至可以和自己的灵魂——那个干净、纯洁、可爱的小孩坐在一起快乐地聊天，分享生活和生命的绚丽、充实与快乐。

毫无疑问，这本图画书讲述的是一个具有强烈现实性的寓言故事、哲理故事。它让我们每个人都会想到自己在纷纭的生活中的匆忙、焦躁、浪掷、迷失与异化；它也在唤醒我们，停一停匆忙的脚步，坐下来，安静一会儿，等一等正在后面疲惫地追赶着我们的灵魂。

那个干净和单纯的小孩，是我们的灵魂，也是我们的童年和初心。

人生就应该是这样：想好一瓣，才开一瓣。不需要那么繁多、那么奢侈，也不需要那么匆忙，那么急促。苏格拉底早就说过："没有经过沉思的人生，是不值得过的。"约翰·列侬也提醒过我们：当我们正在为生活疲于奔命的时候，生活已经离我们而去了。

那么，慢慢地走自己的路，让别人赶飞机去吧。波音飞机、动车、高铁……都算不上是奢侈。慢，才是今天真正的"奢侈"。你如果能像这个故事里的杨，在城市边缘的一座小木屋里坐下来，等一等那个追赶你的小孩，哪怕等一小会儿，你也是在等待和享受生命的真谛。

显然，《遗失的灵魂》不是我们常见的那种儿童绘本，而是出自诺贝尔奖获得者笔下的，一本极具寓言意味和深刻性的文学绘本。

孩子们可不可以读呢？当然也可以读。生活在我们身边的每一个小孩，也都是故事里的小孩。他们也常常被我们怠慢、轻视、忽略甚至丢失过。现在，我们能做到的，是引导身边的小孩，从一幅幅无字的画面里的各种小细节里，去认识、体会和领回那个宝贵的小孩，把他从窗外领进小屋里来，快乐地和他坐在一起。

这时候，你会看到，和这个小孩一起回来的，还有被我们丢失了的小手套、小靴子或者客厅里的玩偶小马……

你还会看到，原来，这个小孩在我们很小很小的时候，在我们还在公园里玩耍的幼年时光里，就和我们在一起了。

梅子涵先生关于这本书，有几句话说得非常好："看看书里的那一个站在窗外的小孩，他后来又坐在了我们的身边。他好可爱，好纯洁，好干净。他就是我们应该有的样子……多看看他，我们会清楚一些的。"

人生在世，总会丢失一些什么东西，甚至是极其宝贵的东西。可是没有谁能预先知道，它们丢失在什么地方，又是在什么时候丢失的。

散文家和思想家梭罗在《瓦尔登湖》里，讲过这样一个寓言：

很久以前，我丢过一条猎犬、一匹枣红马和一只斑鸠，至今我仍在寻找它们……我遇到过一两个人，曾经听到过猎犬吠声、马儿的蹄声，甚至看到了斑鸠隐入云层的身影。他们似乎急于找到它们，好像是他们弄丢的……

是的，重要的是能够幡然醒悟，尽早去把掷弃和遗失的东西寻找回来。千万不要说，失去的就让它失去吧。最好是去追寻它们，找它们回来。毕竟，它们是被我们丢失的。我们的猎犬、栗色马、斑鸠，还有我们的小孩。

迷路的小孩儿，请你快点儿回家！

天涯共此时

*

又圆又大的、洁白的月亮，穿过轻柔的云彩，
升起在夜空中，照亮了大地上的每一个角落……

玛利亚·耶稣·基尔女士是西班牙人，是不少中国孩子和家长十分熟悉的一位国际友人，也是中国文化的一位真心的热爱者和不遗余力的传播者。

近些年来，玛利亚女士顶着满头银丝，带着她优雅、友善的笑容，几乎走遍了大半个中国，在许多城市的公共图书馆、书店和校园里，给中国的家长和小朋友们讲故事。与此同时，她也凭着自己在国际儿童读物出版和传播界的影响力，在世界各地积极奔走，帮助联络各国的作家、插画家，一起参与中国儿童出版界人士倡议和发起的“好故事一起讲”计划，为推动美好的“中国故事”在全世界范围内的广泛传播，付出了辛勤的努力，作出了杰出的贡献。

玛利亚曾在马德里和圣地亚哥的儿童与青少年读物出版社担任编辑，是一位著名的童书出版人。2009 年她开始担任国

际儿童读物联盟（IBBY）西班牙分会主席，2012年至2014年，又荣任国际安徒生奖评委会主席。2016年，上海陈伯吹国际儿童文学奖授予玛利亚女士“特殊贡献奖”。她是中国文化的知音，也是中国儿童文学的友好使者，这个奖项对她来说当之无愧。

《小威的中秋节》是这位女士为全世界小读者创作的一本讲述中国故事的图画书。记得两年前，初春时的一个午后，在位于亚平宁半岛的古朴小城博洛尼亚的一间小房子里，我满怀欣悦地读到了这个温馨的故事，并受邀把它译写成了清浅的汉语。

那个下午，在异国他乡，从故事的字里行间，我似乎闻到了故乡中秋月饼的阵阵香甜气息，也感受到了玛利亚女士对中国文化的那份好奇、热爱与尊重，那份发自一位异国女性内心深处的、富有母性的“温柔以待”。

故事讲的是中秋节这天，小男孩小威的家人都在忙碌着，准备迎接美丽的节日。中秋节是全家人团聚的节日，就连远在伦敦工作的小威的姑姑，也不远万里，搭乘国际航班赶了回来，和大家一起欢度节日呢。

这是一位西班牙女士亲身感受过的，也稍微加了一点自己的想象的内容。故事里有这样的细节：妈妈捧出了一盒月饼，小威数完连忙告诉妈妈说：“妈妈，只有六个月饼呢！”妈妈说：“今天全家大团圆，不够吃哟。小威，你和妈妈一起去商店，再买一些月饼回来，好吗？”

玛利亚很细心，她多次仔细观察过中国的月饼，每盒一般是六个居多。“为什么总是六个呢？”她曾问过我。我告诉她，一个完整的月饼，一般都是切成几小块，全家人分着吃，六个应该够一家人分吃了。还有，汉语里的数字“六”，含有“六六大顺”的吉祥之意。这其实也是我个人的想象。

中秋节的月饼，有各种各样的馅儿，比如冰糖果仁、莲蓉、豆沙、枣泥……这些显然也引起了这位外国女士的好奇与兴趣，她当然也要把这个“小秘密”告诉世界各国的小朋友。于是故事里就有了这样的对话——

妈妈，我们去买什么馅儿的月饼呢？

去买小威喜欢吃的馅儿吧。

啊，我最爱吃豆沙馅儿的！

又圆又大的、洁白的月亮，穿过轻柔的云彩，升起在夜空中，照亮了大地上的每一个角落。中秋节，是一个多么美丽的中国传统节日！全家人围坐在秋风习习的夜空下，一边欣赏着皎洁的月亮，一边分享着美味的月饼、瓜果和各种美食，这时候，爷爷奶奶还会给小孩子讲美丽的嫦娥、玉兔和蟾宫里的桂花树的故事。

早在两千多年前，中国伟大的浪漫主义诗人屈原，仰望着天空中的一轮皓月，禁不住生出各种憧憬和遐想："夜光何德，死则又育？厥利维何，而顾菟在腹？"意思是说：月亮究竟有哪些德行，为什么能够缺了又圆、死而复生？它又是为了什么，要把小小的蟾蜍养在自己腹中？

诗句里的"顾菟"，指的就是蟾蜍。在中国古代神话里，遥远的、皎洁的月亮上，也蒙着一层关于蟾宫、玉兔、吴刚、嫦娥和桂花树的美丽面纱，给一代代中国人尤其是中国的孩子带来过许多美好的遐思和梦想。中国人在中秋节当晚赏月，都和这些美丽的传说有关。可以说，中秋节不仅是一年四季里一个自然的节日，也是一个凝结着古老的传说故事，蕴含着中国人美好梦想和情怀的文化的节日。

这个节日的最特别之处，玛利亚女士当然不会绕过。于是，故事里又有了这样的对话——

小威问妈妈："为什么过中秋节要吃月饼呢，妈妈？"

妈妈这样回答说："你看，月饼圆圆的，就像家人团聚呢！"

"妈妈，您小时候也吃月饼吗？"

“当然啦，家家过中秋节都要吃月饼的，这是中国人的传统。小时候一到中秋节，妈妈就会帮你姥姥做月饼，那是妈妈最盼望、最快乐的时刻。”妈妈幸福地回忆着，好像又回到了自己小时候。

“妈妈，我可以一个人吃掉一个月饼吗？”

“当然可以啦。不过，如果把月饼切成块，大家一起吃会更快乐。”妈妈笑着说。

从这些细节里不难想见，这样一个美丽和特别的节日，也让这位热爱中国的西班牙女士产生了温馨的联想，尤其是中秋节一定要分吃月饼这一点。乐于分享，心怀感恩，是人类最基本的感情和美德之一。在玛利亚的想象里，沉浸在节日欢乐中的中国孩子，一定也是乐于分享、心怀感恩的，所以，她在故事里接着想象出这样一个情节——

回到家里，小威想到了自己的朋友小凤和小夏。他们这时在做什么呢？这时候，爸爸走过来对小威说：“咱们去旁边的公园走一走吧。”小威高兴地说：“太好了！说不定会在公园里遇见我的朋友们呢，那样正好可以祝他们中秋节快乐！”

前面已经出现了妈妈的爱，美好的节日里，爸爸的爱当然也不能缺席。于是，爸爸陪着小威来到公园里。小威果然遇见了小凤和小夏这两个好朋友。他们一起来到小河边，在月光映照的河面上放起了节日的彩灯……

玛利亚曾在中国江南的一个小城里，度过了一个愉快的中秋节，吃到了美味的中国月饼。中秋之夜的小河边，有几个孩子在玩彩灯，给她留下了深刻的印象。于是她在故事里写下了这个细节。

一位细心的编辑朋友曾质疑说，中国人过中秋节，好像没有放彩灯这个习俗，是否要删去或修改一下？我想到了尼采的一个说法："有一种过于追究真实的观念，一点也不好玩，而且还总是伤及人们对某些可能性的想象和欣赏。"我想，在一位外国友人的观察和想象里，趁着皎洁的月色，几个水乡的小朋友一起在桨声灯影的小河边点亮各自的彩灯，让它们顺着河水向远方漂去……这样的游戏，只要能给他们的节日、童年带来快乐和友爱，又有什么不可以呢？何况她写的是一个虚构的儿童故事，并非严格意义的中国节俗的知识读物。所以我在译写时，还是尊重玛利亚的观察与想象，保留了这个细节。

中秋节的夜晚来临了，在一轮大大的、圆圆的月亮下面，小威和家人围坐在圆桌前，一边赏月，一边快乐地品尝着丰盛的美食。

姑姑看着月亮说："圆圆的月亮上有桂花树，还有玉兔和嫦娥。"

"在哪里？在哪里？我怎么没看见呀？"小威伸长脖子、睁大眼睛，盯着月亮看。

"哈哈，那是传说，当然看不见啦！"爷爷和奶奶笑着告诉小威。爷爷还说："小威，现在你可以对着圆圆的月亮，许一个心愿了！"

这时候，小威捧着一小块儿豆沙馅儿的月饼，对着月亮眨了眨眼睛。他会许一个什么心愿呢？

"月亮，月亮，你可以让我和妈妈——不，让我和妈妈、爸爸、姐姐、爷爷、奶奶、姑姑、叔叔，还有我的朋友们，每天都在一起吗？"小威对着圆圆的、大大的月亮轻轻地说。

"太棒了！小威，你看，月亮好像正在朝你点头呢！"妈妈笑着说，"不过现在，宝贝，睡觉的时间到了，你该跟月亮和大家说'晚安'了。"

故事到此结束。读着这个故事，我似乎还感受到了这位外国女士对这个中国传统节日的另一种想象：中秋节来临的时候，正是一年里秋高气爽、瓜果成熟、丰收在望的季节。当小威全家人幸福地团聚在一起，一边享受着温暖的亲情、可口的瓜果、美味的月饼，一边欣赏着圆圆的、洁白的中秋月，而眼前还有被皎洁的月光照亮的家乡的湖山、塔影、树林，和桨声灯影里的水上人家……这时候，大家不仅会在心中真挚地感恩自己的祖国、家人和朋友，还会在心中默默感恩大地母亲给予我们的瓜果、稻菽和各种农作物的收成，感恩大自然赐予我们一个桂花飘香的节日！

中国的每一个传统节日，都有自己独特的含义、习俗和故事，不同的节日里，也传递着中国人温暖的、丰富的、充满善爱的节日情怀。所有这些，应该都是能够给玛利亚女士以及很多像她这样的热爱中国文化的外国朋友，带来好奇、想象与感动的“中国魅力”吧！

这本书的插画，由著名插画家朱成梁先生完成。朱先生长期生活在南京，对江南的风物、节俗和日常生活细节十分熟稔。所以，这个故事在他的画笔下，不仅细节更为丰盈多姿，而且从整体上也展现出了生活在当下新时代的中国人的乐观、自信和昂扬的精神状态，整个作品就像一幅色彩明丽的江南风情画，也似一首亲情怡怡的抒情诗。

“海内存知己，天涯若比邻。”转眼又到八月桂花飘香的时节了，亲爱的玛利亚女士，今年的中秋月饼，已经为你准备好了，欢迎你再来中国，来小威家过中秋。请告诉我，你最喜欢什么馅儿的月饼呢？

雄伟的橡树

*

欧尼科夫的图画书就像一棵棵高大的俄罗斯橡树，雄伟得超出了整座丛林。

俄罗斯插画家伊戈尔·欧尼科夫，被誉为“创作才华没有边际”的艺术家。他曾为普希金、果戈理、布罗茨基等俄罗斯诗歌大师和文学巨匠的经典作品绘制过插图。

这些文学插图，对于那些穿越了久远年代的文学经典，好像古老的阿拉丁神灯被重新擦亮，瞬间获得了新的生命，闪耀出了炽热的光芒。也有人说，经典作品一经欧尼科夫的手，就像打上了具有他个人风格的“原创的标签”，哪怕是原本平淡无奇的故事，他也能用别出心裁的插图给读者重新带来惊奇和狂喜。

《狐狸和兔子》《老鼠的房子》是欧尼科夫的两部绘本新作，显示了他在绘本创作中的智慧投入和思想深度，以及强烈的批判力量、深刻的讽喻意味等特点。

在《狐狸和兔子》的扉页，他写了一小段文字：

为什么像熊、公牛那样强壮和高大的动物，以及像狗那样勇敢的动物，居然会害怕一只狐狸？反过来，为什么狐狸会害怕一只小小的公鸡？我试图在这本书里，向你解释这些“为什么”。

这几句话似乎告诉了我们，他的故事是带有寓言式的反思和讽喻风格的。故事的素材来自俄罗斯传统民间传说：有一只狐狸和一只兔子，狐狸有一间冰造的小屋，兔子有一间树皮造的小屋。春天到来时，狐狸的冰屋融化了，兔子的树皮小屋还好好的。狐狸来到兔子门前，请求留宿。兔子好心把狐狸请进了小屋，不料狐狸却一把抓住了兔子，把兔子赶出了树皮小屋。也就是说，狐狸蛮横地霸占了兔子的家。

接下来，无助的兔子就向遇到的狗、熊、公牛哭诉了自己的遭遇。狗、熊、公牛，出于义愤，都想帮助兔子，并且都来到树皮小屋前，隔着窗户大喊：“狐狸，滚出来！”

狐狸却有恃无恐地威胁说：“只要我跳起来，只要我一跳到门外面，小屋的碎片就会飞向四面八方！”狗、熊、公牛一听到狐狸的话，都吓得赶紧逃走了。

最后，无助的兔子又遇见了公鸡。公鸡也想帮助兔子。但这时候兔子已经没什么指望了，兔子说：“不，公鸡，你帮不了我。

你来之前，狗撵过它，没撵走；熊撵过它，没撵走；公牛撵过它，也没撵走。所以，你也办不到。”

公鸡却十分自信地说：“我一定办得到！”公鸡的个头、力气肯定比狗、熊、公牛和狐狸都要小，他怎么办得到呢？

只见公鸡斗志昂扬地来到小屋前，把爪子跺得咚咚响，把翅膀扇得啪啪响，把嗓门也提得喔喔响，对着狐狸喊道：“喔，喔，喔，我冲着狐狸来啦，我把镰刀肩上扛，一刀就叫狐狸把命丧！狐狸，你从炉炕上滚下来！快从屋里滚出来！”

这时候，狐狸一听，顿时吓得丢了魂，连忙说：“我这就滚，正穿鞋呢……”

公鸡一点儿也不跟狐狸客气，接着又把刚才的话高声说了一遍，狐狸吓得也不敢磨蹭，说：“正穿衣服呢……”

当公鸡叫到了第三遍，狐狸从小屋里出来了。这时，公鸡二话没说，举起镰刀，解决了狐狸。

故事的结尾是：“从此，公鸡和兔子在树皮屋里一起生活。”

故事本身的寓意不难理解，就像古老的伊索寓言、拉封丹寓言里也曾写到过，对于一切霸凌和强权者，仅靠好言规劝、道德诫勉是没用的，有时候，一把锋利的镰刀，可能比一万句良言还要管用。而且，对于真正的坏蛋，应该“除恶务尽”，就像公鸡对待狐狸那样。

但这本绘本的寓意，似乎还不仅仅这么简单。欧尼科夫创作这个故事，承续了俄罗斯寓言家克雷洛夫创作的《狼落狗舍》等“战争寓言”的传统。我们看到，在故事的文本之外，在细致而开阔的画幅里，处处充满了善爱与凶恶、弱小与霸凌、和平与战争、宁静与喧嚣的紧张对峙和无声的较量。类似纳粹般的战争疯子和穷兵黩武，还有冰冷的坦克车的履带，随时都可能碾压善良的人们的美好愿望，甚至毁灭这个世界。

就像经典小说《格列佛游记》，故事是为孩子写的，寓意却是给成年人看的一样，欧尼科夫用他的绘本也给这个世界挂起一面镜子，要让全人类看看自己真实的面目，然后抛弃一切怯弱、幻想与虚妄，勇敢地去面对现实、接近真实，用自己的行动去改变现实、拥抱真理。

童话家安徒生有句名言：“最精彩的童话故事，就是每个人的真实生活。”《狐狸和兔子》里，也有我们每个人的真实生活。

同样的寓言讽喻意味，也体现在《老鼠的房子》的故事里。故事中第一个出场的是一只名叫“洞主”的小老鼠。有一天，小老鼠看到一片豌豆地，高兴地说：“啊，太好啦，我饿不死啦。”

不过他想，最好是先找个房子住下来。于是，小老鼠开始动手建造房子。他从废物堆里一趟趟寻找回一些有用的东西，终于用自己的双手建起了一座舒适的小房子，住在里面过起了安定的日子。

我们看到，小老鼠把自己的家布置得井井有条，十分温馨。

然后，有一只“窸窸窣窣的小蜥蜴”，一只“小小的小青蛙”，一只“蹦蹦跳跳的小松鼠”，一只“裹着毛大衣的灰兔子”，一只“狐狸大婶”，相继来到小老鼠的房子前。我们看到，蜥蜴、青蛙、小松鼠、灰兔子、狐狸，好像都是这个世界的流浪者，是一些无家可归者。但是他们与人为善、热爱生活。他们有的是失去了家园的远行者，有的是打扫烟囱的底层劳动者，有的是贫穷的画家，有的好像还是不太成功的作家。小老鼠一一邀请他们说：“来和我一起住吧。”

他们六个友好地住在了一起。虽然这个小家看上去拥挤了一点儿，但是有温暖的屋顶，有鲜花、艺术、书本和美好的友谊相伴，他们的日子过得温馨、充实而宁静。

这时候，又来了一只灰狼。灰狼一出场，我们就知道这个家伙真不是个好东西！你看，他在公交车上偷走了野猪的钱包！

当灰狼在黑夜里看到了小老鼠和他的朋友们住的房子，趴在窗户上往里看的时候，满脸馋涎欲滴的样子。

善良的小老鼠依然真诚地邀请他说：“来和我们一起住吧。”

可是，小老鼠和他的朋友们都没有想到引狼入室的后果，就是祸从天降，他们幸福和安定的生活，从此不再存在了！

灰狼露出了凶恶的霸凌者的本性，把小老鼠和他的朋友们都赶了出去，独自侵占了小房子！

然而，灾难还没有彻底结束。最后，又来了一头大熊。

大熊会不会主持正义，帮助小老鼠和他的朋友们赶走侵略者呢？

结果是：小老鼠和他的朋友们向大熊诉说了他们的遭遇之后，大熊突然举起熊掌，一掌就把小房子砸了个粉碎！

这个貌似正义的强大者，并非世界的拯救者，原来也是弱小者的幸福生活的毁灭者，是世界的终结者。

最终，从灭顶之灾中侥幸逃离出来的小老鼠和他的朋友们只好开始寻思，怎样重新建造一所可供自己生存的小房子。

这个故事的分量、力度和深刻性，无疑也需要小读者们通过一幅幅无字的画面去体会和感受。

小老鼠和他的朋友们这些角色比较好理解，他们似乎代表着这个世界上一切善良、正直、热爱生活却又弱势无助的人们；灰狼，代表着那些残暴、邪恶、蛮不讲理的霸凌者；那么，大熊代表什么呢？

从画面上我们看到，画家把大熊画成了一个类似钢铁装甲车、巨型坦克或航空母舰一样的庞然大物，它似乎可以让人们联想到冷酷无情、毫无节制的工业，得寸进尺、鲸吞田园的城市霸权，当然，还有足以毁灭这个地球的现代战争。在弱小的人们的头上，好像时刻都悬挂着一把达摩克利斯之剑。

因此，这本绘本同样是一个具有批判性的现代寓言。

古希腊诗人阿加提阿斯曾赞美伊索寓言："在美丽的小故事里，装进深透的智慧，虽然像在开玩笑，却能振聋发聩。"欧尼科夫笔下引人入胜的故事，也以振聋发聩的伊索寓言、克雷洛夫寓言般的魅力，吸引着读者。

2018 年度"国际安徒生奖"，被授予了日本作家角野荣子和俄罗斯插画家欧尼科夫，以表彰他们对儿童文学、儿童插画艺术的挚爱和卓越的成就，欧尼科夫当之无愧。

欧尼科夫曾为经典作家果戈理的作品画过插图。果戈理这样赞美过克雷洛夫：他在一条不太引人注目的狭窄小路上，追赶过所有其他人，就像一棵雄伟的橡树，长得超出了整座丛林。欧尼科夫的绘本像一棵棵高大的俄罗斯橡树，雄伟得超出了整座丛林。

世界为你而存在

*

心中有梦，虽远必逐！

世界上有一类杰出的绘本，并不是以故事性见长，却能给读者带来一种大气象、大意境、大智慧和大感动。奥地利著名绘本作家、插画家，奥地利儿童文学奖荣誉奖、国家金牌功勋奖章获得者埃尔温·莫泽尔的绘本《写诗的獾先生》，就属于此类。

这本绘本用四十二首风趣、幽默和优美的短诗，讲述了分布在世界各地的各种动物的生命状态和鲜为人知的生存秘密，让小读者们看到了一种万物有灵且美的生命景象，感受到了大地上每一个生命之间亲密无间的相互依存关系，也认识到了每个生命的美丽、尊严和独一无二的故事。你们看——

猫头鹰在月光下独守自己的无眠之夜；

天鹅把自己最温柔的吻送给了小鸭子；

芦苇丛是白鹭和青蛙的乐园；

狐狸在黑夜里盘算着自己的计谋；

獾先生在烛光下写着“我会爱你一生一世”的抒情诗；

小猎豹的奔跑速度，引起大象无限的羡慕；

老虎在森林里踱着优雅的猫步；

巡夜的美洲豹正在为草原上的一团篝火暗自猜疑；

骆驼在沙漠上梦想着淙淙的泉水；

袋鼠逡巡在她辽阔的国土……

一只小老鼠虽然没有房子，也没有一枚硬币，可他什么都不在意；

夜幕悄悄降临了，鼹鼠先生已经熟睡，鼹鼠太太却还沉醉在美妙的阅读之中……

这本绘本，让我想到英国作家汤姆·波尔和澳大利亚插画家罗伯特·英潘合作的那本《世界为谁存在？》。作家借助故事里的狮子爸爸之口，告诉小狮子说：“这个世界有那么多绿油油的草原，让你奔跑跳跃；每一只斑马、羚羊和大象，帮助你茁壮成长；每一块耸立和平滑的岩石，让你享受阳光。你应该相信，世界为你而存在！”

写诗的獾先生——其实就是埃尔温·莫泽尔自己，他用四十二幅风趣、幽默的诗配画，是想告诉小读者们：世界为你而存在！

每个生命都会有自己的苦恼和难题，但是每个生命，也都有自己的美好、尊严和故事。因此可以说，《写诗的獾先生》是一本诗意葱茏的大自然故事绘本，也是一本智慧荡漾的生命哲学之书。

《菲利普的海盗梦》讲的是一只名叫菲利普的小水鼠，在一个夜深人静的晚上，当全世界都沉浸在甜美的梦乡的时候，他趁着爸爸妈妈熟睡时，悄悄推动了一只大木桶，走出了家门，沿着门口的一片沼泽，开始了一次非凡的行动：他要以木桶为船，并且竖起高高的海盗旗，勇敢地举起木剑，要去征服四大洋，去实现自己要当一个海盗首领的梦想！

结果呢，当然没有他想象的那么美好。他的木桶海盗船，很快就被一艘迎面漂来的大船给撞得粉碎。小水鼠只好浑身湿漉漉地回到了家，然后又悄悄地爬到了爸爸妈妈的床上。好在这时候，沼泽地里的居民，仍然沉浸在安静的梦乡里，世界好像什么也没有发生过一样。

真的是什么也没有发生过吗？不，勇敢的小水鼠，已经把自己的梦想变成了一次实际行动。他还送给了所有的小读者一个礼物、一句赠言：心中有梦，虽远必逐！哪怕梦想被现实击碎，又有什么关系？大不了从头再来一次！重要的是，你要把自己的梦想变成实际行动。

这本绘本里的故事很简单，却充满励志意味，小水鼠自立自强、坚定自信、勇往直前的形象，被刻画得活灵活现。图画书一开始的四个画面，对沼泽地里静谧夜晚的细节描绘，细腻而生动，一下子就把小读者带到了真切的故事情境之中。

《步行机的故事》的故事情节，略微曲折一些。讲的是一位心灵手巧的白胡子老人伊曼，自己动手制作了一架步行机。可惜的是，没过多久，步行机被喜欢盗窃的浣熊帕布罗偷走了。随着步行机的不断转移，故事变得越来越复杂了，猪、狐狸、乌鸦、老鼠，还有猎豹、鸵鸟、袋鼠、兔子，都与这架步行机发生了联系。最后，一只上了年纪、腿脚不便的熊，成了步行机的主人。等到步行机终于回到白胡子老人伊曼那里时，他才发现，原来，世界上还有“人”比他更需要这架步行机。于是，他给步行机加足了他发明的燃料……

这个故事，像埃尔温·莫泽尔所有绘本故事一样，充满幽默感和游戏精神，同时，也蕴含着一个温馨的爱的主题：白胡子老人伊曼，不仅是一位巧手发明家，也是一位乐于助人的爱心人士。他的聪明与智慧，不仅使自己生活得很快乐，也能给他人带来快乐。

《步行机的故事》是一个风趣、幽默的童话故事，也是一个闪烁着智慧光芒、散发着哲理芬芳的寓言故事，让小读者在开心的阅读中不知不觉地感受到聪明才智和发明创造的意义，以及生命和生活的价值。

最美好的文字、故事、意境、哲理，往往都是润物细无声的。一个小孩子对什么是“好的”、什么是“不好的”的认识与感受，一个小孩子的心灵能不能飞翔，一个小孩子长大后会有怎样的情怀、怎样的价值观，不能说跟他小时候读到的某一本绘本没有多大关系。一个小孩从小接受的是好的、真的、美的、善的、雅的东西，接受的是玫瑰和光明，而不是杂草和阴影，那么，他未来的道德选择，他的心灵、情怀和价值观，往往会比较清晰、明亮和健全，他更容易去追求良知、光明和美好。

这样看来，你就不能轻视《写诗的獾先生》中那些温暖的细节：一个点着蜡烛的洞穴，一个有书相伴的夜晚，一片有金黄的月牙的夜色。你看，过冬的虫儿在温暖的大地之下享受着美食和阅读；兔子啃着美味的胡萝卜时，对农民伯伯怀着感恩的心；北极熊在冰原上煮着热腾腾的下午茶，正等着他的企鹅朋友一起来享用……

万物皆有灵，世界美如斯。而这个世界，是为你而存在的。

风骨与文心

难忘青春少年时

——回忆与《东方少年》的友谊

*

打开尘封的记忆的某一页，那两段画了红色波浪线的话，我觉得并不遥远。

《东方少年》，这是何等气派和自信的一个刊名！20世纪80年代和90年代里，《东方少年》是我们这一代文学青年，特别是正在尝试少年文学创作的年轻作者们的一块向往的园地。

我记得，第一次看到《东方少年》时，我从刊物上看到了一个我十分熟悉和崇拜的名字：管桦。我知道，他是《小英雄雨来》和长篇小说《将军河》的作者，也是我们耳熟能详的歌曲《听妈妈讲那过去的事情》《我们的田野》和《快乐的节日》（就是“小鸟在前面带路，风啊吹向我们……”那首）的歌词作者。因为管桦这个名字，当时我对《东方少年》有一种仰望的感觉。

已经记不起来，具体是从哪一年开始向《东方少年》投稿的。现在我能查到的，自己第一次在《东方少年》刊发的习作，是一首短诗《校园的白兰花》，刊登在1987年第十一期上。诗写得有点稚嫩和直白，但也隐隐透出了那一代少年怀着梦想、向往远方的少年心事：

校园的白兰花
应着第一声春雷灿然开放
白色的花朵
这是城市早春的梦想
而我们的目光
已悄悄越过校园的红墙
越过整个城市的楼群和天空
仿佛看见了妈妈种植的
我们的童年的白兰花
也已开遍了故乡的山冈……

这首诗，收录在我早期的儿童诗集《我们这个年纪的梦》里。这本诗集获得了第二届全国优秀儿童文学奖。

正是从这首小诗开始，我有幸成为了《东方少年》的作者，直到今天，不知不觉，已经相伴走过了三十五年。人与诗俱老，我的青春和青春的诗篇都已经远去。但是《东方少年》依然是那个朝气蓬勃的少年；一看到这个刊名，依然会让我想到梁启超先生在《少年中国说》里对中国少年的期许和礼赞。

三十五年来，我在这本刊物上陆续发表了不少诗歌、散文和短篇小说。有几篇作品，也给我留下了一些温暖的回忆。

《会当水击三千里》是我在《东方少年》1993年第七、八期合刊上发表的一篇较长的叙事散文，近五千字，回忆我少年时代的一段艰苦的求学时光。我自己很喜欢这篇散文，虽然写的是过去年代的一段贫寒和艰辛的生活，但是全篇有一种心志高远的浩气，有一种"少年壮志不言愁"的精气神。这篇散文收录在我的第一本散文集《青梅竹马时节》里。

1993年第十期《东方少年》里，又刊登了我的一首诗《与长眠的英雄对话》。我大致记得，这首诗写的是生长在新中国和平的蓝天下的少年一代，与牺牲在战火纷飞年代里年轻的英魂的"隔空对话"。可惜的是，不知什么原因，这一期杂志我没有保存下来，所以这首诗也成了一首"佚诗"，我的几本诗集里没能收录这首诗。

短篇小说我写得不多。但我较早的一篇短篇少年小说《永远的〈茶花女〉》刊登在《东方少年》1996年第十二期，好像还刊登在"头条"位置上。记得这是当时的一位文学编辑，也是一位童话作家李玲向我约的稿。小说写的是我高中时代的一次真实的经历，故事里的女生"阿美"也实有其人。当时，《东方少年》与台湾地区的儿童文学团体合作，在筹划一个少年小说和童话的征文活动。幸运的是，我的这篇小说发表后，获得了《东方少年》举办的“海峡两岸少年小说征文优秀作品奖”。

进入新世纪之后的二十多年里，承蒙《东方少年》新一代编辑老师们接力相邀，我又陆续刊登过几篇散文新作，与这本刊物的君子友谊，一直保持到了今天。我从心底感谢《东方少年》给予我的提携和温暖的友情。

《永远的〈茶花女〉》的初稿里，我写过这样一段话：

那本旧《茶花女》，至今仍保存在我的书橱里。它是我中学时代珍贵的纪念物之一。当我孤独和寂寞的时候，当生活中有什么烦恼困扰着我，甚至有什么东西使我感到受到伤害的时候，当疲惫和平庸的生活使我怀念起往昔的欢乐时光，怀念起我的纯真的学生时代的时候，我就会在宁静的午夜的书房里，轻轻地打开书橱，打开这本纸张已经发黄的《茶花女》，仿佛打开尘封的记忆的某一页。那两段画了红色波浪线的话，我觉得还并不遥远。看到那一条条清晰的红线，我仿佛又回到了那个《红菱艳》之夜，那月光小巷里的谈笑重临心头，宛如昨天。

今天，轻轻翻开三十多年前的一册册纸张已经隐隐有点变黄的《东方少年》，一股温柔的感情，在心头漾起，宛如昨日。

怎样观察和描写四季之美

——《四季的歌》创作手记

*

一年四季，有二十四番花信风轮番吹过。

一年四季，有二十四番花信风轮番吹过。

花信风，是指应和着不同节气里的花期而吹来的风。中国古代智慧的先贤们，根据不同的气候，不仅把一年分为四个季节、十二个月份，还更细致、更具体地以五日为一“候”，每三“候”作为一个节气，把一年分为二十四个节气。每年冬去春来，从小寒到谷雨，这八个节气里，共有二十四“候”，每一“候”里都有一种代表性的花卉绽放盛开，于是就有了“二十四番花信风”的说法。

一年二十四番花信风里，梅花为最先，楝花为最后。等到二十四番花信风轮番吹过之后，以立夏为起点的夏季就来临了。

大自然是一本最美的书。山与水，田野和树木，野花和绿草，昆虫、飞鸟和走兽……都有各自不为人知的故事和秘密。去亲近和认识美丽而丰富的大自然，去“悦”读这本大书的每一页、每一篇章，这是一件多么美好的事情啊！

只有一个春天

亲爱的少年读者们，你是否也这样观察过：当金色的迎春花、紫色的紫云英、黄色的蒲公英绽放的时候，冰封的小河悄悄解冻了，雪花在天空化成了细雨，泥土变得松软和湿润了，葡萄藤和柳枝也都变得柔软了，小草在悄悄地返青，所有冬眠的生命，也都开始苏醒了……

我在《四季的歌·迎春花开了》这本绘本里，用小小迎春花的形象，描写和赞美了春天给人间带来的温暖、明丽和美好。其实，春天里有无数的小花都在竞相绽放，每一朵小花也都有自己秘密的故事，就等着你去观察、去发现、去倾听、去想象。

比如说，只要你睁大眼睛，你就会发现，春风轻轻吹来，天气渐渐变暖，柳条儿悄悄吐出芽苞的时候，柳叶莺也像小小的绿色音符，快乐地跳动在柳枝间。柳叶莺啼叫的声音是那么轻、那么细，如果不侧耳谛听，你也许根本就听不到它们啾啾的声音。它们是报春的小鸟，好像在用低低的声音告诉我们，春天来了。

再比如，春天来了，农民们开始春播了，这时候，布谷鸟就在山岭间和田野上空不停地呼唤："布谷！布谷！布谷！"伴随着春天的脚步声，哪一片辽阔的山野上，听不见布谷鸟的歌唱？你是否这样想象过：正是布谷鸟的歌声，唤醒了寂静的群山，它们的歌声像露水一样清亮。布谷鸟清脆的歌声，也永远回荡在大地和农人的心上。

还有，春天来了，你会发现，在路边，在河滩，在湖畔，柳树枝会悄悄变成鹅黄色，而且变得那么柔软，好像女孩子的发辫一样，风儿轻轻一吹，它们就飘飘荡荡起来。特别是那些垂柳，体态轻盈，婀娜多姿，枝条总是向下垂落着，春风吹来，所有的枝条都会随风起舞。人们情不自禁地称垂柳为"少女树"……所有这些，不都是春天的美、春天的歌吗？

春天是殷勤的，也是慷慨的。她给大地万物送来丰沛的雨水和温暖的南风，并且竭尽全力把大地装点得花团锦簇、分外妖娆。她让一切梦想都在温润的泥土下萌芽，让所有能生长的都开始生长，甚至让所有错过季节的种子，也在沙沙的细雨中重新获得萌发的机缘。

有一位诗人说：春天不是骑马奔下山冈，而是赤脚涉过春溪，步行而来，就像一个微笑着走向田埂、井台或池塘边的牧鹅姑娘。

每个人的生命中，只有一次童年；一年四季之中，也只有一个春天。如果说春天有什么缺点，那就是：春天永远是短暂的。那么，亲爱的小朋友，请珍惜美丽和珍贵的春光。

给你一个“玩的夏天”

我们小时候的夏天，真的就只是用来玩的，做功课的时间只有一点点儿。没有什么钢琴、英语、作文、数学奥赛之类的暑假兴趣班。我们唯一的兴趣，就是在夏天的大自然的怀抱里尽情地奔跑、玩耍、嬉笑。粘知了，捉蝈蝈，捕蜻蜓，白天在村边的小河里学游泳，夜晚到村头的瓜田里偷瓜，整个夏天我们就像野外的小山雀一样，早晨飞出去，晚上飞回来，不用花一分钱，也不用家里人操半点儿心，就把长长的暑假轻松地过完了。

现在回忆起小时候的夏天，有多少快乐、有趣的点点滴滴啊。而这些快乐、有趣的点点滴滴都留在小时候的记忆里。躺在金色的叶堆上，我和小伙伴们一起数过天河两岸的星星；坐在高高的草垛上，听老祖母讲美丽的小狐狸的故事；在井台边，在禾场上，在萤火虫飞舞的篱笆下，我和小伙伴们骑着竹马，从天上跑到地下……

也曾经盼望着，夏天一到，就快放暑假了——把暑假放到很远很远的大海边，跟着一位老船长，去实现自己的航海梦；也曾经盼望过，夏天一到，就举着美丽的营旗，穿上漂亮的营服，到青青的山谷间去野炊，去露宿，去点起篝火，唱歌、朗诵、手拉手地跳舞……

啊，童年的夏天，快乐的暑假！点点滴滴的记忆就像夏夜的星星，像飞舞的萤灯，也像落在池塘里的一朵朵翠绿的雨花。

在《四季的歌·再见，夏天》这本绘本里，我用散文诗一样的文笔，按照从清晨到正午、再到夕阳落山的傍晚、再到夜色降临的顺序，写到了小时候亲身经历的一些夏日趣事和亲眼看到的一些夏日小景。可惜的是，因为篇幅所限，我写到的夏日记忆，只有这么一点儿。这些趣事和小景，哪一个在农村生长的小孩子不熟悉？哪一个他们没有经历和体验过呢？感谢年轻的插画师闫文丽，她用一幅幅美丽和细腻的图画，补充了我文字里没有写到的一些有趣的夏日和童年的细节。这些生动有趣的细节，都藏在美丽清新的图画里，需要你在阅读时睁大眼睛去寻找。

其实，还有好多好多快乐的夏日趣事，我都没有写到。比如：六月里，麦子已经低垂下金黄色的穗子。只要折下一根小小的麦管，连带一片金色的叶子，就能做成一支小小的麦笛。小小的麦笛，是一支朴素和清远的村歌，带着清新的草香，带着泥土的气息，也带着田野的晴朗、清亮和辽阔……当然，也带着乡村小孩子的纯朴和野性。麦笛声声，爷爷吹过，爸爸吹过，哥哥吹过，我也吹过。吹出了耕种的艰辛，吹散了劳作的疲惫，吹出了丰收在望的喜悦……

再比如：清风习习的夏夜里，我们几个小伙伴在村边平坦的禾场上，做起“摸拐子”的游戏。“摸拐子”又叫“瞎子摸象”，大家先是站在一起，用同时伸出手心或手背的方式，选出“瞎子”。大家用毛巾或手绢把他的眼睛蒙住，让他当“瞎子”。等“瞎子”在原地转上几圈、转晕了后，大家就悄悄地四散跑开，躲藏起来。一旦谁被摸到，谁就充当“瞎子”，继续游戏。小小的禾场上，月光如水；四周的池塘边，蛙鼓声声，流萤飞舞。“摸拐子”的游戏，给我们小小的童年留下了几多欢乐的记忆啊！

期待这本绘本能唤起小读者们自己对夏天、对暑假的许多美好细节的感受和记忆，能带给小读者们一个“玩的夏天”和“玩的暑假”。

我当然不是想要所有的小孩子都不要去刻苦地念书、勤快地补课。不，我只是希望今天的小朋友们，能从繁重的作业、电子玩具、钢琴、动画片和各种兴趣班里解放出来，多去亲近大自然，多去认识一些花草和昆虫，能准确地叫出更多的小鸟、小甲虫和绿色植物的名字。不然，未免太可惜了！因为，每个人的童年只有一次，而且是那么的短暂，等不到知了和蝈蝈叫过几个夏天，你的童年就远去了。

秋天是一本有趣的书

大自然真是一位神奇的魔术师。他不仅创造了春、夏、秋、冬四个美丽的季节，还赋予了每个季节各自不同的景色与特征：春有繁花，夏有清风，秋有硕果，冬有飞雪。数千年来，人们又根据每个季节的气候特征，来合理地安排农事：春播、夏长、秋收、冬藏。

秋天是收获的季节。秋风吹起的时候，满山的草木都变得金黄金黄的，田野上的农作物、山冈上的小野果，也都悄悄成熟了。我曾在儿童诗《走在晚秋的田野上》里写道：

走在晚秋的田野上
我听见无数的风信子
发出嘿嘿嘿的笑声
而一切成熟了的农作物
却都深深地低垂着头
对着世界默默不语

在另一首《蟋蟀小谣曲》里，我还这样描写过秋天的特点：

秋风起了，
天气凉了。
蟋蟀蟋蟀，
跳过墙了。

树叶落了，
菊花黄了。
蟋蟀蟋蟀，
该进房了。

窗户关了，
露水凉了。
蟋蟀蟋蟀，
想上床了。

从前，农人们还有一句谚语说：“秋风起，蟋蟀鸣，懒妇惊。”意思是说，秋风吹起、蟋蟀鸣叫的时候，那些平日里比较懒惰的女子，才吃惊地发现，这一年又过去一大半了，所以要赶快抓紧时间织布、缝衣了。

在《四季的歌·秋风起》这本绘本里，我选择了一些只有在秋天里才能看见的自然景色，还有许多只有在秋天里才能出现的事物和景物的细节。我不仅想描写出秋天的美，还想表现出秋天给我们的大地母亲、给人们的生活、给自然万物送来的各种美好的礼物，从而唤起人们对秋天的热爱与感恩。

冬天的温暖与美丽

小时候，我在北方的小山村里度过。我喜欢北方的冬天。冬天一到，厚厚的雪就盖住了我们的村庄和田野。我们堆起的小雪人，站在金黄色的草垛边，好像冬天里的一只小鸟，在默默地等待春天；淙淙的小河在冰层下唱歌；青青的麦苗在大雪被子下呼吸；红嘴巴的小鸟在草垛上吹着口哨；小小的蒲公英的种子，也躺在雪被子盖着的泥土下，做着长长的冬天的梦。

冬天里，所有的小河和水库都结了厚厚的冰层。这时候也是我们小孩子玩“打滑溜”等游戏的时节。我们就像一群快乐的小鸟，谁也不愿错过飞翔的时光。在结冰的小斜坡上，在厚厚的冰河上，在上学的小路上，只要借助冰雪的光滑用力一滑，我们的脚上就像穿上了带轮子的冰鞋一样，身上好像也长出了飞向春天的翅膀……

打雪仗，是我们冬天里最喜欢玩的游戏。冬天来了，洁白的雪花，纷纷扬扬地从天空飘落下来，飘落在金色的草垛上，飘落在村外的麦地和井台上，飘落在温暖的村庄和屋顶上，飘落在村边空空的打谷场上……一夜过后，大地就盖上了厚厚的一层“雪被子”。这时候，小孩子们就开始玩起堆雪人、打雪仗的游戏。厚厚的雪，捧起来用力一团拢，就是一枚“雪弹”，每个小伙伴都是可以进攻的“敌人”，“雪弹”可以到处飞动，有的在头上“开花”，有的在背上“爆炸”，有的直接就被扔进了“敌人”的脖子里……

在我小时候的记忆里，冬天虽然寒冷，却是一个充满童年乐趣的季节。所以我想在《四季的歌·雪花落呀落》这本绘本里，写出我记忆中的冬天的美丽、温暖与乐趣。

大自然的四季，每个季节就像是一首美妙的乐曲。每一个热爱大自然的孩子，都是在乐曲里飞翔的小小的、金色的音符。在清新的大自然怀抱里大口地呼吸、快乐地散步和嬉戏，分享着她送给我们的丰富、神奇和安全的“免费的午餐”，这是多么美妙的享受啊！

追寻梦想，记住乡愁

——《追寻》创作手记

*

当春回洞庭，母亲河一江清水浩荡东流时，白鳖豚的身影或许会重新出现在碧波潋滟的长江或洞庭湖上……

一百多年前的1914年，八百里洞庭湖刚刚迎来又一个水草丰茂的春天，一个喜欢冒险和打猎的美国少年霍伊，在湖上打野鸭时，无意中猎到一头他从未见过的动物：它看上去像鲸，但又没有鲸那么大，灰蓝色的脊背，乳白色的肚子，头上还长着又长又尖的嘴。

这个少年和他的爸爸找来锯子，锯下了猎物完整的头部和尖长的嘴部，把这两部分制成了标本，后来又带回美国。一位名叫米勒的哺乳动物学家一看到标本，如获至宝，惊喜得双眼发亮。米勒从形态学、解剖学的角度对标本的骨骼、牙齿的位置等，都进行了仔细的研究，最终认定，霍伊在洞庭湖上猎到的这种动物，是一种珍稀的淡水豚类生物，也是世界上从未被报道过的一个物种。现在，全世界都知道了，这个新物种就是中国珍稀鲸类动物白鳖豚。

非洲有句古老的谚语："看到白狮子的人是幸运的，如果你有幸看到了白狮子，请把它们记在心上，但不要告诉任何人。"白鱀豚的神秘面纱被揭开了，就像白狮子的秘密被说了出去。我们是该埋怨还是该感谢那个不太安分的美国少年霍伊呢？

后来，更多的科考和研究成果表明：白鱀豚是长江中下游独有的古老物种，早在两千五百万年前就生活在辽阔的长江里。最早记载白鱀豚的一部古代典籍，是两千多年前的《尔雅》。

《尔雅》被誉为中国的"辞书之祖"，该书命名这种水中动物为"鱀"，将其误作为鱼类。晋代学者郭璞在《尔雅注》里，才将"鱀"与鱼区别开来，并对"鱀"的外形特征、生活和行为习性作了较为详细的描述。宋代诗人孔武仲有一首《江豚诗》，把江豚与白鱀豚作了简单的区别："黑者江豚，白者白鱀。状异名殊，同宅大水。"蒲松龄的志异小说《白秋练》里写到的美丽少女白秋练，就是白鱀豚幻化的。因为珍贵和罕见，白鱀豚又拥有"长江女神""水中国宝""长江里的'大熊猫'"等美誉。白鱀豚主要栖息在长江干流中下游（上至湖北宜昌的黄陵庙，下至长江口）。涨水季节，少量白鱀豚也会进入洞庭湖、鄱阳湖等与长江连通的湖泊里。

然而令人痛心的是，到了今天，白鱀豚已被列入"功能性灭绝"物种名单。1986 年，国际自然保护联盟把白鱀豚列为世界最濒危的十二种动物之一。1986 年中国科考估计白鳖豚数量约为三百头；1990 年科考估计约为两百头；1997—1999 年连续三年野外同步考察，只记录到十三头；从 2006 年至今，再也没有确认的白鳖豚野外观察记录。国际自然保护联盟对物种的“灭绝”有严格的定义，依据这种定义，专家们认为，长江白鳍豚可能已经“功能性灭绝”。

所谓“功能性灭绝”，一是指该物种已经失去自我繁衍能力；二是虽然不排除尚有在野外发现其零星个体踪迹的可能，但该物种已经失去其所在生态系统中的地位和功能。白鳖豚的命运已经如此，目前生活在长江里江豚的生存现状，同样令人忧虑，其数量正在急剧减少。科学家因此发出疾呼：如果再不善加保护，白鳖豚的今天也许就是长江江豚的明天。

那么，究竟是什么原因给古老而美丽的白鳖豚带来了濒危和灭绝的厄运呢？除了白鳖豚是大型哺乳动物，自身繁殖能力较弱，主要还是人为因素。一是违法滥捕，如滚钩、“迷魂阵”、电捕等不法手段的使用，不仅给白鳖豚带来致命伤害，也导致长江和沿江湖泊里的鱼类越来越少，使白鳖豚的食物变得匮乏；二是长江航运船只频繁，船舶发动机噪声和螺旋桨带来的伤害，还有长江航道整治，如对淤滩和暗礁实施爆破，也对白鳖豚造成了直接的伤害；三是长江上的水利设施建造，包括沿岸的大堤、涵闸、拦江大坝等，对长江环境的巨大改变；四是频繁的挖沙作业对河床形态、水文条件和栖息环境造成的巨大破坏；五是长江沿线的各类工厂和城镇造成的江水污染。

中国的白鳖豚科研和保护事业起步较晚，但也走过了四十多年艰难曲折的历程。1978 年 10 月，中国科学院水生生物研究所组建了白鳖豚研究组，从此，几代科学家和研究人员投入到白鳖豚的野外科考、救护和研究领域，付出了艰苦卓绝的努力，其间也发生了许多鲜为人知的故事。尤其是最近十几年来，白鳖豚濒临灭绝的命运引起越来越多的人的关注。

首任白鳖豚研究室主任、毕生致力于动物生态学及保护和研究的陈佩薰奶奶，被人们誉为“中国白鳖豚之母”。这位已九十多岁的科学家一想起白鳖豚的命运，仍然心有不甘。回首自己带领研究小组数十年来的追寻和守望，她仍然坚持认为，不能轻率地宣布白鳖豚已经灭绝。她说，一种生物要断定它确已灭绝，至少要在二十年内再也没有它出现的任何记录。这种坚持，当然不是一位科学家的“固执己见”，而是出于对自己毕生热爱的一种鲜活的生命的尊重与珍视，在她心目中，白鳖豚一旦真的灭绝了，将是他们几代科学家都无法承受的遗憾。

几乎与陈佩薰同时进入白鳖豚研究和保护领域的刘仁俊研究员，与一头名叫“淇淇”的白鳖豚相伴相守了二十二年。1980年，他亲自从洞庭湖边把只有两三岁的淇淇接到了武汉的水生所里，开始了艰辛和耐心的人工饲养与观察研究。就像他疼爱、养育和守护了二十二年的一个孩子，淇淇一天天长大、变老，刘仁俊也从一个意气风发的青年变成了白发斑斑的老人。2002 年，他又不得不忍痛接受与自然终老的淇淇生离死别的现实。

2018 年 6 月 2 日晚，刘仁俊受邀在央视《朗读者》节目讲述他与淇淇二十多年不离不弃、生死相依的故事，感动了全球无数观众。像陈佩薰老人一样，他也从心底里不愿接受白鱀豚濒临灭绝的现实。他也一再强调说，“功能性灭绝”并非最终的消失，直到今天，他仍然还在苦苦寻找和期待着，白鱀豚的身影会突然出现在长江的某个地方，或者在洞庭湖、鄱阳湖面上惊艳一跃，让世界重新看到它生命的奇迹。

2018 年，我以陈佩薰、刘仁俊等科学家与白鱀豚淇淇、珍珍的故事为原型，创作了长篇小说《追寻》。江声浩荡，生命不息。我试图以现实主义的笔触和诗性的语言，为小读者们讲述白鱀豚鲜为人知的生存故事和濒临灭绝的命运波折，展现三代科学家在长江和洞庭湖一带追寻、保护“水中国宝”，献身祖国生态科学研究和环境保护事业的艰辛经历与理想精神，同时也融入了一些白鱀豚的科普知识，让孩子们感受到长江、洞庭湖的自然环境保护的必要性、紧迫性，唤醒孩子们珍爱美丽的生命、守护美丽家园的生态环保意识。

正是因为科学家们锲而不舍地追寻、保护与发现，才使白鱀豚淇淇以自己一生的故事引起了全世界科学界的关注。如果没有淇淇，没有淇淇在这二十二年间顽强的生存与配合，中国的白鱀豚科学研究事业，可能仍然在黑暗中摸索和徘徊。因为有了淇淇，中国不仅在白鱀豚和江豚的保护生物学、繁殖生物学、行为生物学、血液生物化学、生物声学等学科里，都获得了一些真实的数据和研究成果，而且也使一批年轻的科研和科考人员，借助淇淇的生命存在，得以成长起来。从淇淇身上，科学家和研究人员还生发出了诸如生命教育、野生动物保护、自然生态保护和修复、中国淡水豚拯救与保护、长江水域保护、洞庭湖和鄱阳湖水域保护等催人警醒的话题，促成了国家和政府部门的一些生态保护行动，也唤起了许多志愿者的拯救与保护行动。

除了科学家们追寻和守望白鱀豚这条故事线索，我还讲述了生活在长江边和洞庭湖畔的老艄公罗老爹、少年柳伢子、女教师王小月、柳伢子的妈妈玉娥等人的现实生活故事。我想写出他们对自己乡土的守望与依恋，对幸福生活和美好明天的期待与追寻。

柳伢子很小的时候，她的妈妈玉娥曾教他唱过一首童谣：

“洞庭湖干了，妈妈哭了……”我试图通过生活在洞庭湖畔的三代人，写出八百里洞庭和我们的长江，在这四十年间经历的风雨沧桑，写出洞庭湖和长江的生态环境遭受的践踏和破坏，不仅给白鳖豚带来了厄运，也给这些世代热爱着自己乡土的洞庭儿女，带来了深深的伤害。白鳖豚的踪迹和洞庭湖水，牵动着他们沉重的记忆和乡愁。

追寻梦想，记住乡愁，是我在创作这部小说时，自始至终萦绕在我心中的情结。我期待着故事里这些不同人物的命运，也能和白鳖豚的命运一样，唤醒更多的人对母亲河长江、对八百里洞庭、对大自然的敬畏与守护之心。就像故事里的乡村小学教师王小月所期待的那样，也许最终她没有能力把喝着洞庭湖水长大的所有孩子，都留在自己的家乡，但她心怀一个美好的梦想：总得有人给家乡留下几粒种子，留下几根能够给世界带来希望、祥和和幸福的“绿树枝”。

每一个时代，总是在艰难地解答着一个个难题的同时一步步向前迈进的。这些年来，洞庭湖已经开始了“退耕还湖”的全面治理。2018年春天，习近平总书记风雨兼程，视察长江后，又从国家层面提出了“共抓大保护、不搞大开发”的大政方针。我相信，当春回洞庭，一江清水浩荡东流之时，故事里的人物所期待的那个时刻：白鳖豚的身影重新出现在碧波潋滟的长江或洞庭湖上……也许并非仅仅是一个梦想，而有可能变成一个真实的瞬间。那时候，全世界将重新看到美丽的白鱀豚的生命奇迹。

为少年奋斗者们而歌

——《远山灯火》创作手记

*

远山留胜迹，灯火照后人。

《远山灯火》这部长篇儿童小说最早酝酿于2014年的秋天。我和作家熊召政、历史学家冯天瑜等一行人，作为湖北省文化代表团，去俄罗斯国家图书馆访问交流。

有一天下午，从莫斯科大学正门出来，过了莫斯科河，我们来到对面那座著名的麻雀山（曾一度改名为列宁山）上。夕阳西下，站在山上俯瞰晚霞映照着的莫斯科城，整个城市一片通红，非常壮观。这时候，我想起了曾经读过的一个故事：

1827年春天，也是这样一个玫瑰色的黄昏，两个志向高远的俄国少年——十四岁的赫尔岑，十三岁的奥格辽夫——一对十分要好的少年伙伴，就站在我们现在站立的这个位置上，面对西逝的太阳起誓，要为各自选定的美好理想奋斗到底，哪怕献出生命也在所不惜……若干年后，赫尔岑成了著名的哲学家、政论家和文学家；奥格辽夫成了激进的革命者和诗人。有一天，当他们老了，回想起少年时代的这个黄昏，赫尔岑禁不住热泪盈眶，他在回忆录里这样写道："不必再说什么了！我们整个一生，都可以以它作证……"

这段细节令我过目不忘。当我站在晚霞映照的麻雀山上，一边想象着两位浪漫的少年当时的情景，一边望着火红的夕阳慢慢西沉，禁不住也有点双眸湿润，久久不愿离开。

就在那个时刻，我想到了一个曾经被称为"小莫斯科"的红色小镇——我青年时代工作过的、地处鄂赣交界处的阳新县龙港镇。20 世纪 30 年代，这个小镇被誉为"小莫斯科"，是彭德怀（当时是军长）率领的工农红军队伍，与地方苏维埃政权一道，在湘鄂赣边界一带开辟的一块革命根据地——鄂东南苏区政治、经济、军事和文化的中心。红五军军部就驻扎在龙港小镇上。

当时，小镇上创办了一所列宁小学，许多贫苦农家的放牛娃和打柴娃，在条件简陋的列宁小学里念书识字，成长为"红孩子"和"少年布尔什维克"，红军离开这里的时候，有的少年和青年跟着红军队伍离开家乡，从此走上了革命的道路。我站在麻雀山上时，脑海里突然闪过一个画面：在晚霞映照的龙港小镇上，在到处能看到醒目的红星斗笠和插着红缨枪的列宁小学的小操场上，那些穿着草鞋甚至打赤脚的"少年布尔什维克"，也许都站在那里发过誓言：要跟着共产党领导的红军队伍奋斗到底；跟着一杆红旗走，哪怕走到天尽头，哪怕钢刀压在脖子上，也决不回头。

《远山灯火》最早的灵感和最初的酝酿，就是从这里开始的。小说的地理与时代背景、故事素材和一些人物形象与生活场景，也是我十分熟悉的，是多年前的生活积累。

20世纪整个80年代，我都在地处幕阜山区的鄂东南的阳新县文化馆和文联工作，那时要经常下乡，学习“乌兰牧骑”，辅导乡村群众学习文化知识，包括收集整理鄂东南的民间故事、歌谣，给乡村的一些采茶戏班子修改戏本，等等。有时候十天半个月都住在龙港镇上。鄂东南是当年的红色根据地，“红色文化”素材丰富，那时候我就收集了不少“红色故事”和“红色歌谣”，也和文化馆里研究乡土音乐的同志一起，创作过不少新的红色题材的歌曲，也写过《边城风雨》等电视剧本和红五军的故事。《远山灯火》里的大部分素材，都是那时候积累的。小说里写到的幕阜山、金竹尖、龙港镇老街和红军医院、列宁小学、红五军军部等旧址，都是我多次去过的地方，还有长满芭茅的无名红军的墓地，当年金竹尖最早的“播火者”张召红（外号“麻子红”）、肖作舟等革命者召集农友们开会时，那个留下了油灯和火把燃烧痕迹的秘密山洞，我也亲自去寻找、探访过多次。龙港镇至今还沿用着“列宁小学”这个名字。

小说的上部，讲述的是以农家孩子梁满仓、红军小战士杨红娃为首的一组少年奋斗者的故事。一支戴着红星斗笠的红军队伍在风雨中行进而来，宛如一股不可阻挡的铁流，又向着革命所召唤的地方奔去。农家少年梁满仓追随着红军，从一位儿童团员成长为光荣的小战士，石军长亲手把他扶上战马，带着他朝着革命召唤的地方奔去……“忘记了过去就意味着背叛。”小满仓是我带着深情着力刻画的一个从农家少年成长为“红孩子”的形象。我想让今天的孩子们看到一个真实的、生动活泼的少年奋斗者的形象。

小说的中部，继续写梁满仓这一代长大的少年在中华人民共和国成立后的故事。已经成为战斗英雄的满仓，参加了中国人民志愿军，跨过鸭绿江出国作战。但他一直默默地帮助着龙港镇上的孤儿夏湖生。夏湖生在志愿军叔叔的精神鼓舞下不断进步，光荣地加入了少先队。在这部分章节里，我试图写出在新中国初期的火红年代里，新一代少年奋斗者的理想追求，让读者们感受到那一代青春芳华、心怀梦想的新中国少年，有如朝阳一般鲜亮、灿烂、昂扬向上的精神状态，以及他们那朴素、善良、单纯的心地。同时，我也以梁满仓和他的战友肖虎营长的形象为代表，再现了中国人民志愿军的英雄故事，献上了新一代少年人对英雄的志愿军叔叔的敬慕与爱戴。

小说的下部，主要讲述进入新时代之后，三代奋斗者的故事。老年的梁满仓隐姓埋名回到家乡，亲手创建“红娃书屋”，继续帮助一代代山村孩子；夏湖生、春桃这一代人，也在祖国最需要、最艰苦的地方，默默奉献了各自的青春年华；在梁爷爷身边长大的最新一代少年魏书槐，大学毕业后也回到家乡，把奋斗的汗水洒在家乡的远山和田野上。有一天，因为采集退役军人信息，一摞尘封已久的立功奖状和军功章，重现在众人面前。远山灯火，不仅照亮了一位深藏功名的老英雄的高尚情怀，也指引着和照耀着一代代年轻的奋斗者坚定的前行的步伐。

远山灯火，是现实生活中一个真实存在的故事，也是一个具有象征和隐喻意义的意象。“远山”象征着一代代共产党人一百年来走过的万水千山；“灯火”象征着一代代共产党人闪亮的初心，象征着一代代“播火者”在中华大地上播下的永远明亮、永不熄灭的“红色火种”。远山留胜迹，灯火照后人。正如我在小说尾声所写的：

梁爷爷的小屋里灯火通明。幕阜山高，富河水长。在绵延起伏的远山之间，在巍峨的金竹尖山脚下，在小山塆的茫茫夜色里，这一团橘红色的灯火，显得那么明亮和美丽，仿佛要从眼前一直照耀到明天……

杏花消息雨声中

——《小菊的茶山》创作手记

理解力栽培下的东西，季节会使它们成熟。

一 夙愿

2019 年，一位素不相识的音乐学研究者、湖北科技学院音乐学院音乐系主任栗建伟博士写信给我，说他正在做一个鄂东南民间文化的研究课题，他把自己撰写的一篇长篇论文初稿发给我看，征求我的意见，论文题目是《阳新县文化馆鄂南民间音乐工作研究——以徐鲁的文学记载为例》。这是我始料未及的。我从没想过，早些年写下的一些幕阜山区地域文化题材的文字（主要是散文），能成为民间音乐研究的素材。不过，栗老师的研究题目也透露出一点信息，就是我与幕阜山区、与鄂东南阳新县民间文化的渊源，着实不浅。

三十多年前我在鄂东南阳新县人民文化馆工作过多年，所从事的是一种“乌兰牧骑”的工作。我刚到文化馆第一天，一位老馆长，也是鄂东南民间文学专家梁万程就谆谆教导我说：“欢迎来我们人民文化馆，你来了，我们又多了一名乌兰牧骑队员！”他还给我解释说，“乌兰牧骑”的工作就是要深入到幕阜山区最偏远的农村去，和人民群众打成一片，同吃、同住、同劳动，简称“三同”。

幕阜山区横亘在赣、湘、鄂三省交界处。我当时的工作之一，就是深入幕阜山区的穷乡僻壤，去搜集民间故事、歌谣和小戏唱本，就像当年的格林兄弟深入德国偏远的乡村，去搜集民间童话故事一样，同时也给一些乡镇文化站和乡村小剧团修改戏本，做一些创作和演出的辅导工作。这种身份当时叫“文化辅导干部”。除了搜集和整理民间文学，还要经常送文化下乡，要去辅导和组织乡镇和村里的业余文艺创作和群众文化活动。比如，村里或者乡镇文化站要组织演采茶戏，如果正好我们这些人在场，还要临时帮演员改戏本、写幻灯字幕，帮着搭戏台、搬道具，甚至给演员化装，等等。遇到“三夏”和“双抢”的农忙时节，就要挽起裤管，下田帮着割稻、栽红薯秧、运送秧苗等。这是真正的“深扎”，也是完全意义上的“三同”，比现在的作家浩浩荡荡组团去“采风”，要艰苦得多，也深入和扎实得多。

那时候，幕阜山区一些偏远的小山塆还没有通上电，需要走夜路时，房东就会举着松明子或点上“罩子灯”，给我们引路和照明。在幕阜山区的崇山峻岭间走村串户、搜集民间故事和戏本的那些年，是迄今为止我最“接地气”的一段生活。饥了饿了，走进任何一户人家，都能吃到热腾腾的、散发着柴火气息的锅巴饭和老腊肉。渴了乏了，就猛喝一顿山泉水。翻山越岭走累了，呼啸的山风为我擦拭汗水。当年幕阜山区还没有实行禁猎，我也曾被允许跟着老猎户去打过两次猎，猎枪就是长长的火铳。有一次老猎户打到了一只野物，他告诉我这叫“豹猫”，山里人又称其为“飞虎”。现在，这些珍稀的野生动物当然都是当地的保护对象了。

鄂东南地处吴头楚尾，方言里犹带吴音，而且保存着许多古雅的字音，比如称耕田为“劝春”，称玩耍为“戏”，称穿衣为“着衣”，给客人添加酒水，叫“斟酒”，称你为“乃”，称我为“阿”或“吾”，称他为“其”，称管叶为“木叶”，称洗脸为“抹脸”，棉背心叫“棉褡魂”，下小雨叫“落细雨”，太阳叫“日头”，白天称“日分”，夜晚称“夜分”，天亮叫“天光”，放牛叫“秧牛”，砍柴叫“斫柴”，选种叫“秧豆”。倘若遇到什么稀奇事或值得夸赞的场景，上了年纪的老人嘴里，瞬间就会蹦出一两个现在已经不大使用但在这幕阜山区依然保存至今的文言叹词：“噫！好矣！好矣哉！”

理解力栽培下的东西，季节会使它们成熟。虽然离开了云遮雾罩的幕阜山区已经多年，但那里的草木和牲畜，那里一年四季的雨丝风片，也时常萦绕在我的心头。还有我所熟稔的那些茶山、竹林、橘园、稻田、山坳、河流、渡口、井台、凉亭……我都在心里记得清清楚楚，并且一直在温暖地爱着和回忆着。所以近几年来，我一直想写一本类似沈从文的《边城》和孙犁的《山地回忆》式的小说。《小菊的茶山》的完成，也算是了了我的一个夙愿。

二　文心

在创作之初，我这样设想着：要努力去写出一部带着四月茶山的清新与明丽的色调，既能展现幕阜山区的地域风情之美和人性之美，又能呈现新时代乡村振兴的充满时代气息的小说。

我很喜欢沈从文和孙犁这两位老作家那种半纪实、半虚构的小说文体。沈从文的作品暂且不说，我读孙犁的《琴和箫》《荷花淀》《芦花荡》《采蒲台》《山地回忆》《蒿儿梁》《纪念》这些短篇小说，甚至他晚年创作的“芸斋小说”系列，其实很难分清，这些是虚构的小说，还是真实的纪实故事。“我”（作者）自己的足迹、身影、声音、行止、所思所感，散落在每一篇短篇故事的字里行间。《山地回忆》写的是“我”在太行山区打游击的日子里，有一天来到一个熟悉的小村外的小河边，其中有一个细节：在河边洗菜的小女孩端着菜走了，“我在河边上洗了脸。我看了看我那只穿着一双‘踢倒山’的鞋子，冻得发黑的脚，一时觉得我对于面前这山，这水，这沙滩，永远不能分离了。”这样的细节和感情，显然来自作者真切的经历与体验。

我对于幕阜山区的感情也是如此。当我在离开幕阜山区多年之后，重新站在富水河畔，看着暮色里的枫林渡口、茶亭，还有远处的山岭、田畈和一座座灯火初上的小山塆……一时间，我的心中也涌上了与孙犁在《山地回忆》里同样的感受：这些都像是我的故园一样，分别得再久，也永远不会失却和淡去那份温暖、那份亲切的感觉。我甚至感到，我和这里也是永远不能分离了！

在这部小说里，我采用了孙犁小说的那种既是写实的又带点抒情意味的散文般清新明丽的笔调，描绘了在全国脱贫攻坚和乡村振兴大背景下，赣、湘、鄂三省交界的幕阜山区的奋斗故事与现实风情画卷。我试图用云雾缭绕的青翠茶园、风雨百年的义渡渡口、农家书屋的灯光、飘飞在青山绿水间的采茶戏和采茶山歌、白云深处的琅琅书声……构成新时代山塆人家生机勃勃的日常生活图景。小说的故事以生活在富水河畔枫林渡的阿通伯和他的女儿阿香与阿秀、外孙女小菊三代人的生活日常为主线，着力刻画老一辈人对乡土的眷恋与守护，新一代幕阜山区少年的觉醒、奋进与自强不息，在风风雨雨中永难泯灭、在乡村振兴的劲风中更加焕发的人性之美以及如细流汇聚般的时代力量。

这样的构想，这样的文心，当然是明亮和美好的。但正如钱钟书先生所言，我们常把自己的写作热情误认为自己的写作才能，自以为要写成什么风格的，就意味着肯定会写成、能写成什么风格的，而事实往往未必如此。小说是否达到了作者所期望的效果，是读者说了算的。

我很感谢二十一世纪出版社文学中心的谈炜萍、王雨婷两位年轻的编辑朋友，感谢她们耐心的等待和对我创作期间殷勤的照顾。好编辑总会把作者的作品视若己出。小说出版后，谈炜萍在《中华读书报》上刊发了一篇书评《山乡变革的故土恋歌》，其中有几句评价较为公允和中肯，也正好道出了我的文心与追求："小说采取半纪实的叙事方式，循着主人公即作者的足迹，在散发着泥土与春茶气息的旅程中，围绕富水河畔枫林渡的阿通伯一家三代的生活经历，全景展现了幕阜山近三十年的发展变化。作者笔触极具江南风情与韵味，这乡土文化的探寻中，既充盈着作者浓烈的乡土眷恋情愫，也隐含着作者客观、冷静的反思。”这也是我心目中的理想读者。

三 人物

《小菊的茶山》出版后，我在微信朋友圈里说道：“人间多奇葩，吾独爱小菊。”虽是戏言，却也道出了我对小菊这个人物的喜爱。作者写小说，对于故事里的某些人物，自然也是视若己出，不爱则已，爱之弥深。

《小菊的茶山》是一部儿童小说，小说里的主人公，就是小菊、小芬、万新福、水芹等新时代山区的少年。他们是一群传承清新朴素的采茶戏的少年，也是未来的幕阜山区新生活的主人。尤其是小菊，我想通过这个小姑娘的形象，让读者看到新时代少年朝气蓬勃、志存高远、敢于担当的精神特征，以及在乡村振兴的时代洪流中，这一代少年对于家乡的山河、历史的认知与热爱。

小菊的性格跟她的妈妈阿香一样，有点“爱憎分明”“疾恶如仇”。她对自己的同学，从小患有肌无力疾病的小芬的帮助非常之大。她和同学一起组成了“爱的小船”行动小组，表现出一种坚毅的勇气和担当。在小菊、韩叔叔等人的影响下，原本有着强烈自卑心理的小芬，也像一棵获得阳光照耀、雨露滋润的小树，渐渐舒展开自信的枝丫。我在小说里写了这样一个情节：坐在小船上，小菊和小芬这一对亲密无间的好伙伴，东一句、西一句的，又打开了说说笑笑的话匣子。“我”一边帮着阿香撑船，一边默默听着她们有一搭没一搭的交谈。接着就是两个小姑娘之间一段长长的对话。这时候，小船即将到达对岸，晨雾正在悄悄散开。我想，从两个小姑娘的这段对话里，不难感受到新时代少年的那种不从流俗、奋发向上和独立思考的精神。

除了小菊、小芬、万新福、水芹等新时代山区的少年群像，我在小说里还塑造了驻村第一书记、工作队队长、退伍老兵韩燕来，文化站站长刘耀煌，枫林渡口两代撑渡人阿通伯和阿香，采茶戏传承人阿秀、肖冬云、小玉，大学生喜子，还有文娟、红菊、红菱等年青一代的形象，展现了他们为守护美好的乡土文化、改变山区的落后面貌付出的巨大牺牲以及自强不息的奋斗故事。

肖冬云、阿秀、文娟、红菊这一代年轻人，在艰苦的山区环境中长大，有的为了追求自己的梦想，忍受着委屈，离开山区去往远方，走进了灯光炫目的城市。虽然生活在城市的底层和角落里，但是只要不虚度自己的年华，只要脚步走得真实、踏实，他们就能因经历过风霜与艰辛而获得这个时代给他们带来的进步和收获。我在小说里书写了她们各自的故事，同时也透露出我最深切、最质朴的感情：从心底里祝愿新一代幕阜山区的孩子们，祝愿那些离开了家乡的小山塆，散落在他乡角角落落的幕阜山区的年轻人，在我们这个日新月异的时代里，都能生活得快乐和幸福一些，并且都能平平安安，莫要叫老家的阿爸阿妈、阿公阿婆担惊受怕。

在驻村工作队队长退伍老兵韩燕来、文化站的老站长刘耀煌、从摆渡人变身为农家书屋创办者的阿通伯这些人物身上，读者也可以看到日新月异的新时代为古老的山区带来的新观念、新变化和新气象，感受到一种春潮漫卷、山溪奔腾般的时代力量。在风风雨雨中永难泯灭的质朴的人性，在乡村振兴的劲风中焕发出新的光彩。我也希望能在这些缓缓展开的山乡风情画卷中，闪耀出一种永恒的人性之美，写出人性的光亮与温暖、质朴与坚韧。

四　风俗

因为曾在幕阜山区生活和工作多年，对幕阜山区的地域风习、文化风情和人情世故，有一些切身体验和感受，所以，我在小说里也写了不少属于地域文化和风情的内容与细节。例如阳新采茶戏的守护与传承，稻场上的采茶戏演唱，“鄂南落田响”

等插田号子演唱，采春茶时飘飞在层层绿崖和茶梯之间的采茶歌，还有对哭嫁之夜等场景的描写，都属于这一类情节和细节。

我在小说里写到春工忙碌的早晨，伴着一阵阵朗朗笑语，韩燕来请来给阿通伯家帮忙开园采春茶的小嫂子们，像仙姑下凡一样，一个个驾着飘绕的晨雾，袅袅婷婷地络绎而来。这时，有的老爹看到街上突然出现了这么多“仙姑”，情不自禁地发出了在这地处古代吴头楚尾的幕阜山区，依然保存至今的文言叹词：“噫！好矣！好矣哉！”阿通伯更是喜得合不拢嘴，笑着对骑着自行车赶过来的韩燕来说：“燕来哟，你请来的茶姑，个个赛过仙女，怕尽是挑长得好看的要，不好看的不要咯！”我在小说里，尝试适当采用一些鄂东南和赣北的民俗与风习，呈现幕阜山区的淳朴风情与美丽乡愁，也有意无意地添加了不少遗存在山塆人家的一些独特的方言。

也算是一种缘分，这部小说的编辑团队的炜萍、雨婷两位编辑老师，她们的少女时代皆在幕阜山区度过，因此对小说里的方言、风习细节皆能莞尔会心。“君自故乡来，应知故乡事。”我想，这同样是我在创作时对读者们暗含的一种期待。

因为是有意追求一种散文或散文诗般的明丽与恬淡风格，所以，《小菊的茶山》这部小说与我前几年写的《罗布泊的孩子》《追寻》相比，并不以大开大合的故事见长，而是用一些鲜活的和散发着泥土与春茶气息的细节描写，撑起带有乡土韵味的叙事，通过缓缓展开的一幅幅风情画卷，去展现人性的善良与美好、温暖与坚韧，去呈现春溪奔腾、细流汇聚般的时代力量。

试问大海碧波，何谓以身许国？

——《此生属于祖国——功勋科学家黄旭华的故事》创作手记

*

一个人越是伟大，他就越不能没有祖国。

青年时代阅读苏俄文学时，我记住了两个闪光的句子，直到今天也没有忘记。一句是：“谁不属于自己的祖国，那么他也不会属于人类。”另一句是：“一个人越是伟大，他就越不能没有祖国。”

家国情怀是中华民族宝贵的传统美德之一。祖国从来就是人民最坚实的依靠，以身许国的英雄和赤子，也永远是中华民族最闪亮的坐标，而歌唱祖国、礼赞英雄，更是每一个时代的文艺创作包括儿童文学创作永恒的主题和最动人、最灿烂的篇章。

他是一位以身许国、骑鲸蹈海的“老船长”，经历过海上最大的风浪；他全程参与了共和国核潜艇从无到有、从弱到强的曲折征程，恪守着“誓干惊天动地事，甘做隐姓埋名人”的铮铮誓言，把一生的奋斗故事，写在万顷碧波深处；他征服过大海，却很少有人知道，他有过怎样的愧痛、孤独和悲伤。祖国是父母之邦，大海是他的精神之乡。他所有的汗水、泪水和心血，都被深深的大海收藏着。他，就是我国第一代核潜艇总设计师、“共和国勋章”获得者黄旭华院士。

正如一首经典名诗《未走的路》里所描述的：“金色的树林里分出两条路，可惜我不能同时去涉足，当我选择了人迹更少的那一条，从此决定了我一生的道路。”黄旭华院士从青年时代起，就毅然选择了为了新中国的建设而隐姓埋名这条路。他远离亲人三十余载，默默奋斗直到满头青丝变成白发。1987年6月，黄旭华和战友们成功研制和试验了我国尖端的导弹核潜艇，这个石破天惊般的故事第一次见诸报刊，可他的名字必须彻底隐去；报纸上刊登了全国劳模的事迹，其他劳模都配有照片，唯独他没有；讲述黄旭华与核潜艇故事的那篇报告文学，也是以“赫赫而无名的人生”作标题的。

那年夏天，黄旭华把这本杂志寄给了家乡的老母亲。杂志上的字号较小，年过九旬的母亲戴着老花镜，一字一句地读完了全篇，然后又让身边的儿女和孙辈们读了一遍。因为文中出现了海丰县和田墘镇等地名，又出现了黄旭华的夫人“世英”这个名字，所以老母亲一下子就明白了，故事里的“他”，就是从父母亲人身边“失踪”了三十多年的黄旭华。

“旭华一直是有家也不能回，什么也不肯说，原来他有自己的苦衷啊！”老母亲把这篇文章看了一遍又一遍，老泪纵横，喃喃地对孩子们说，“你们都要理解三哥呀！他这样做是对的，是对的。”

黄旭华的大妹妹后来回忆说：“那个夏天，母亲一而再再而三地阅读这篇文章，每读一次都会泪流不止。母亲心疼三哥这些年来默默忍受的委屈。三哥偶尔会写一封家书回家，但是从来不作任何解释。母亲在痛心之余也为三哥自豪。她把我们兄弟妹妹，还有孙儿辈的孩子召集过来，再三嘱咐说，三哥的事情（指的是父亲、二哥临终时，拍了电报给三哥，三哥也没有回来），大家要理解，要谅解。”

黄旭华在听到大妹妹这番讲述后，禁不住泪流满面。

“知儿莫若母，母亲这句话传到我的耳朵，我哭了。有人问我，‘忠孝不能两全’，你是怎么样理解的？我说，对国家的‘忠’，就是对父母最大的‘孝’。我相信，无论是我的父亲、我的母亲，还是我的兄长们，都是经历过‘救亡图存’的家国之痛的，他们不仅能够理解，也会深深认同我的人生选择。”

2016 年，黄旭华院士应央视《开讲啦》节目邀请做了题为《此生无悔》的演讲。在演讲中，他深情回顾了自己“隐姓埋名”三十多年间，父母、亲人、妻子、女儿对他的默默支持，也袒露了他们这代科学家炽热的家国情怀。他说：“我非常爱我的夫人，爱我的女儿，爱我的父母……但是，我更爱国家、更爱事业、更爱核潜艇。在核潜艇这个事业上，我可以牺牲一切！”他在节目最后又说道：“我们核潜艇战线广大员工，他们呕心沥血、淡薄名利、隐姓埋名，他们奉献了一生最宝贵的年华，还奉献了终生。如果你们要问他们这一生有何感想，他们会自豪地说：这一生没有虚度。再问他们对此生有何评述，那他们会说：自己是中华民族的儿女，此生属于祖国，此生属于事业，此生属于核潜艇，此生无怨无悔！”

我创作的《此生属于祖国——功勋科学家黄旭华的故事》这部传记文学的书名和全书的情感基调，即源于此。

有幸撰写黄旭华院士的奋斗故事，我感到无上光荣，并十分珍惜这个机缘。在写作过程中我也不断地、真切地体会到了，这不是一次普通的写作，而是一次“精神洗礼”，是用文学的方式向一位忠诚的共和国赤子、向一位伟大的爱国科学家顶礼、学习和致敬的机缘。

创作这部作品的时候，眼前不时闪过我从电视上看到的一幕：“感动中国”2013年度人物颁奖盛典现场，九十岁的黄老由两名手捧鲜花的少先队员陪伴着，缓缓走到舞台中央。当时还健在的著名剧作家、“感动中国”推选委员阎肃，以写《红梅赞》和《绣红旗》的深情笔触，为这位老科学家和共和国英雄，献上了这样的礼赞："试问大海碧波，何谓以身许国？青丝化作白发，依旧铁马冰河。磊落平生无限爱，尽付无言高歌。"

是的，"磊落平生无限爱，尽付无言高歌"。我深知，作为一位隐姓埋名三十余载的国家功臣，作为全世界第一位伴随自己设计的核潜艇进行极限下潜试验的科学家，黄老早已把个人的名利与生死置之度外，而把全部的心血和智慧献给了新中国核潜艇的设计与研制事业。正是因为有了他们这一代人的百折不挠、奋发图强，才实现了毛主席"核潜艇，一万年也要搞出来"的夙愿；也正是有了这一代英雄儿女的自强不息、艰苦奋斗，才换来了中华民族今日的乘风破浪与骑鲸蹈海。

黄旭华院士是一位非常低调、虚怀若谷的科学家，也是一位无私奉献的最美奋斗者。曾经有很多作家都想写黄旭华的故事，让我倍感荣幸的是，这部长篇传记文学，是黄院士唯一授权同意为青少年读者们撰写的非虚构传记故事。感谢出版社的领导和编辑团队的锲而不舍，最终说服黄院士同意撰写此书。

在撰写这本书之前，我曾应中国少年儿童出版社之约，在"科学家的故事"系列里创作了一本图画书《老船长和蓝鲸：黄旭华》（于鹤忱绘画）。听说黄老和他的家人对这本图画书也比较满意，为了故事内容的准确性，黄老还亲自审定了文稿。可能也是因为有了这本图画书作"铺垫"，黄老对我的文字已不那么陌生，所以，在这部长篇传记故事完成后，黄老不顾年迈体弱，抱病逐字逐句地审阅了全书，并亲笔题写了书名，还在纸上写下了数条审阅意见。

我是一个感情比较脆弱的人，当出版社把这些细节告诉我时，我的眼睛瞬间就湿润了。多么慈善、认真和一丝不苟的老人啊！从短短的几条审阅意见里，也不难想见黄老虚怀若谷和高风亮节的为人。比如，对全书重点书写的主人公和他的同事们、战友们的爱国情怀、奋斗经历和时代赋予的崇高使命，黄老予以了高度肯定，认为写得“很好”；对个别稍微突出他个人的细节描写，黄老虚怀若谷，认为“愧不敢当”；对书中的几个表述不太准确的地方，黄老也一一予以更正，这无不显示了一位老科学家的严谨态度。如潜艇的“海通系统”，准确的表述应该是“通海系统”；创办于汕尾的聿怀中学，“汕尾”应是“汕头”；潮汕的客家方言，准确地说，就是潮汕方言，或潮汕地方方言。

黄旭华院士在中华人民共和国成立之前，还在交通大学读书时，就是一位全身心投入到中共地下党领导的进步学生运动中的革命者，一位“老布尔什维克”。从那时起，他就踏上了“此生属于祖国”的奋斗历程。进入 20 世纪 90 年代后，中国第一代核潜艇及其装备系统已经全部定型，作为这一代鱼雷攻击型核潜艇和弹道导弹核潜艇研制的总设计师和创始人，黄老和这一代同事、战友们大都年事已高，不再承担新一代核潜艇研制的具体工作了。但是，“革命人永远是年轻，他好比大松树冬夏常青”。退居二线之后，黄老“依旧铁马冰河”，继续发光发热，为中国的国防科学事业和科技进步，也为我国核潜艇的升级和优化献计献策，不遗余力地贡献着自己全部的心血、智慧和力量。

虽然已逾耄耋之年，黄老手头的事情仍然一件接着一件。仅举一个例子，从 1989 年开始，由国防科工委组织有关部门着手整理和编写内容翔实的《核潜艇史料集》，黄老亲自参加了这部史料集的初稿、一稿和二稿的编写、审定与定稿。毫无疑问，这是一部凝聚着中国第一代核潜艇人的智慧、心血、精神以及所总结出来的全部技术经验的宝书。但因为书中的内容需要高度保密，一般人都未见到这部史料集的真面目。但黄老和他们那一代核潜艇人都殷切希望，中国核潜艇战线的后来者们，能够发扬第一代核潜艇人“此生属于祖国，此生属于事业，此生属于核潜艇，此生无怨无悔”的奉献精神。这也是老一辈核潜艇人留给后来者、留给一代代华夏子孙的一笔宝贵的精神财富。在这本书中，我也努力去把这种崇高和伟大的精神，形象化、生动化地融汇到每一段的故事中。

黄旭华院士的一生，是一部主题明亮而崇高、内容丰饶而厚实的“大书”。从少年到老年，他毕生的奋斗故事可谓波澜壮阔，充满了涌动在大海深处的惊涛骇浪，又像一座巨大的冰山，而我们所看到的，仅仅是浮在海面的那个尖顶。为少年读者撰写这位“赫赫而无名”的科学家的故事，如何取舍和剪裁内容，对我来说也颇费思量。好在之前我已经写过不少科学家和文学家的传记故事，如李四光、钱学森、华罗庚、屠呦呦、林俊德等科学家，叶圣陶、冰心、陈伯吹等文学家。我写这类传记故事时，有一位心仪的宗师，就是写《鲁迅传》的文学史家、散文家唐弢先生。唐弢在谈到为少年读者创作传记故事时，曾给自己定了“约法三章”：其一，明确读者对象是正处在求知欲旺盛年龄段的少年读者，所以执笔的时候，“宁可写得稍微偏深一点”；其二，每一篇（即每一个章节）的故事自成起讫，同时要从传主生平事迹的真实性出发，“不能为求故事完整而生拼硬凑，做一些不符事实的虚构”，运用材料一定要做到有可靠的根据；其三，采取鲁迅散文《朝花夕拾》那种夹叙夹议的写法，尽量写得“抒情一些”，“形式多样化一些”，每篇故事既是在讲述传主的事迹，同时又是一篇独立的散文，能带给读者一些文学艺术上的启发。这个“约法三章”，在我看来也是极具写作指导价值的“经验之谈”。跟着唐弢先生“学艺”，深受其惠。我近些年为少年读者创作科学家、文学家和英雄人物传记故事时，也谨慎地遵循着上述的“约法三章”。

现在，满头华发的“老船长”黄旭华院士，虽然已离开了他一生所热爱的大海，走上了陆地，但他对大海依然一往情深。只要一有机会，在早晨或黄昏时分，他仍然喜欢独自坐在岩石上，让海风吹着自己的白发，听海浪拍打着礁石的声音，还有船只驶向远方或缓缓归航时发出的汽笛声。“老船长”遥望着壮阔的大海，就像在遥望着远方的故乡。

载着希望和梦想的小船

——《小船划过童年》创作手记

*

那只系在木桩上的闪亮的小船——它是孩子们心中的期待和希望，也仿佛是在湖区和山乡传播知识、传递梦想的一星灯火、一道桥梁。

四十多年前，在中国改革开放的伟大征程刚刚开始的早春时节，我作为一名师范学院的毕业生，怀着美丽的教育梦想，自豪地走上了中学讲台，成为了一名人民教师。

后来虽然离开了校园，进入了儿童文学创作领域，但是，书声琅琅的中小学校园，一直是我念兹在兹、发现创作主题、捕捉创作灵感的“生活基地”。

更遥远的故事我没有亲历过，但是中国乡村教育在改革开放四十年间走过的风雨历程，我是一个见证者和参与者。载着希望和梦想的小船，也曾划过我的童年。因此，用一本篇幅简约的绘本来呈现新中国的乡村教育故事，“为时代画像，为时代立传”，对我来说，就不是一个“野心”，而是“初心”。

《小船划过童年》是根据我曾经工作过的地方——鄂南阳新县王英湖区的“最美乡村女教师”王月娥的真实故事改编的。

三十年前，年轻的王月娥在她的家乡湖区山上的一间破庙里，办起了一所小学，学生最少时只有三四人，最多时也不过十八九人。他们白天上课，晚上就把桌子并在一起睡觉。在如此艰苦的条件下，她一直坚守在贫困的家乡，为偏远湖区的孩子播种知识的种子、传递文明的灯火。后来她又来到一座小岛上的王英希望小学，每天驾着一条破旧的小木船，接送住在周围岛上的二十多名孩子上学、放学，风里来雨里去，一年四季，风雨无阻。因为平时要兼任孩子们的教员、炊事员、保育员、交通员，湖区的乡亲们给她封了个绰号“四大员”。

当然，这个故事里，也融进了我在洞庭湖一带的乡村亲历过的那些湖区小学的生活和学习情景。

山湖连绵的湖区，经常处在风雨之中。王老师的那条小船，也常常飘摇在汪洋之中。当孩子们在小学校里上课的时候，我们也能看到那只系在木桩上的闪亮的小船——它是孩子们心中的期待和希望，也仿佛是在湖区和山乡传播知识、传递梦想的一星灯火、一道桥梁。

湖区的教育条件是十分艰苦的，但是湖区的自然风景是美丽的。一到春天，到处开满了灿烂的桃花、梨花、杏花和油菜花。我想象着，在没有风雨的时候，在晴朗的日子里，当孩子们坐在阳光下的小岛上，跟着王老师大声朗读的时候，小读者们可以从那只勇往直前的小船上，从灿烂的桃花、杏花和油菜花里，感受到一种春天般的希望，感受到梦想、力量和美好……当然，最美的、最能给我们带来希望和信心的人，就是这位无私奉献、乐观向上的乡村女教师。

我们的共和国母亲，正是因为拥有无数这样的好儿女，为她奋斗，为她奉献，才能像今天这样生机无限、蒸蒸日上、霞光灿烂!

这个故事，是我从偏远的山乡湖区采撷的一束淡蓝色的、名叫“勿忘我”的小野花。我用这束小野花，向中华人民共和国成立七十周年献礼；也用这束小野花，向所有像王老师一样，坚守和奋斗在偏远、贫困的山乡和湖区，在山村孩子们幼小的心灵里播下知识和文明的种子，为贫穷落后的山乡湖区传递着文明灯火的乡村教师们致敬。

风骨与文心

——在老舍文学院的讲座

*

最好的散文语言，一定是来自丰富、真实、生动、鲜活的现实生活的。

能在北京作协这座文学殿堂里，和文学朋友们交流散文创作的一些体会，我感到十分荣幸，也非常感谢青年作家周敏的邀约。今年我是第二次走进这座大楼。上一次是两个月前，在这里参加北京文学院专业作家周晓枫的研讨会。一走进这座殿堂，仿佛能呼吸到诸多文学大师的气息。我相信，还有一些散文家的文脉与气息，比如老舍、骆宾基、汪曾祺、苏叔阳……这些前辈作家，他们的文学气息也飘荡在这里。

散文的熏陶

我刚开始学习创作时，以写诗歌为主，后来转向散文、小说和儿童文学创作。但是直到现在，主要的创作兴趣还是在散文。我赞成汪曾祺先生的那句话："无论从事什么样的创作，首先都需要把散文写好。一个连散文都写不好的作者，很难想象能写好其他的文学形式。”那么我先讲一讲，我自己最早对散文的感觉和兴趣是怎样形成的。

我们这一代出生在20世纪60年代初期的山村的孩子，在童年和少年时代，物质上的“饥荒”和精神上的“书荒”，这两种滋味我们都尝到了。贫寒的少年时代，我在家乡的小镇上买到了一本薄薄的只有四十页定价只有0.11元的儿童小说——诗人白桦的《小溪奔向海洋》。

这样篇幅的一篇小说，在今天是不可能印成一册单行本的，然而那时候竟然就能印成一本美丽的小书，而且是著名画家董辰生画的彩色封面，还有十几幅生动的黑白插图。低廉的价格，正好解决了一个贫穷的乡村少年买不起书的窘境。就是这本薄薄的小书，真的就像一条明亮的、奔流不息的小溪，把我的心从家乡的村庄和田野上，从家乡清清的小河边和河边青色的山坡上，引向了远方辽阔的海洋。当然，也是第一次让我感受到了什么是文学的美，什么是散文的美。

《小溪奔向海洋》讲的是一个名叫顾杰的贫苦少年，只有十三岁，贺龙将军亲自批准他成为一名光荣的小八路。从此他走上了为人类求解放、为中华民族争取独立和自由的革命道路，在一次次任务中磨炼了意志、增长了智慧，最终成长为一名杰出的战士。

白桦先生不愧为一位优秀的抒情诗人，他的这篇小说字里行间流淌着美丽的诗意，散发着浓浓的抒情气息。在小说一开头，他先向读者提出了一个问题：“谁知道江河是怎么形成的吗？”接着，他用一段优美的散文诗般的语句，回答了这个问题。我给大家念念这段文字，大家一起感受一下：

其实，所有汹涌澎湃、浩浩荡荡的江河，在开始的时候，仅仅是些清净、冰冷的泉水，集聚在一起，在坡度比较大的山谷里活泼起来，形成幼小的江河——溪水，她欢歌跳跃，横冲直闯，爱怎么流就怎么流，花费了很多精力，走了数不清的冤枉路，那么曲折，几乎每一步都有一个弯儿。后来，有许多小溪找到了共同的方向，道路就越来越直了，成了江河，看起来变得庄重了，沉默了，拘谨了，但她却有了不可阻挡的力量，坚定不移地前进着，前进着，奔向海洋，奔向太阳……

这段文字是写实的，也是抒情的；是口语化的，也是文学化的。写得真美！写完了这段文字，作者接着写了一句：“好，咱们就真正开始讲故事吧！”然后就开始讲述起小说中的故事。

请大家想象一下，三十多年前，在故乡胶东半岛的小山村里，当我坐在一条小河边的一个高高的瓜棚上，第一次读到这段文字时，眼前的一条清亮的河水，正在哗哗地奔向远方；我甚至也隐隐听到了，在不远的某个地方，在大山的那边，辽阔的大海正在涌动着不息的潮声，好像是在召唤着我向她奔去。

这本小书，就像一颗种子一样，不仅把美好的梦想与向往，也把文学和散文的种子，不知不觉地播种在一个乡村少年的心中。小说开头的这段美丽的文字，读过后我便再也没有忘记过。

小说到了结尾，写到当年的小八路顾杰，已经成了一位白发将军。作家又写了这样一小段文字作为结束语：

我清楚地看见，大江的水流沉默而庄重，但她有了不可阻挡的力量，坚定不移地前进着，前进着，奔向海洋，奔向太阳……

现在，一想到坐在故乡的瓜棚上，陶醉地读着这本小说的情景，当时的天气、环境，小河的流水声、田野上的云影，还有自己双眸湿润、心跳加快的感受，都深深地烙在我的心中。

我当时也曾想象过，自己就像故乡的一条小溪，正在积攒着一点一滴的水珠和奔流向前的力量。在未来的日子里，我也将绕过小小的村庄边缘，甚至冲过河流中间那些大石头，一直向前奔流、奔流，奔向自己的海洋和太阳！

可以说，这是我第一次真切地感受到什么是散文的美。而且也真切地感受到散文是可以励志的。

到了高中时代，我曾跟一位同学借阅过一本商务印书馆出版的《居里夫人传》。这本传记文笔清新生动，在那个年代里，对我这个乡村少年也起到了真真切切的“励志”作用。不久我又读到了一本已经残破不全的小说集，艾芜的《南行记》，还有叶君健写的一本薄薄的传记故事《鞋匠的儿子》，写的是童话家安徒生一生的经历。

正是这几本书，让我在贫寒的少年时代里，渐渐地明白了一些人生的道理：生活条件越是困难，你就觉得自己越发坚强；每一个人，都是在逆境中不断成长起来的；一个人应该做到怎样的坚强呢？“就是这个社会不容我立脚的时候，我也要钢铁一般顽强地生存！”

也正是因为读了《居里夫人传》和《鞋匠的儿子》这样的传记故事，我深刻地体会到了名人故事同样具有感动心灵、励人心志、润泽成长的价值，这两次阅读体验也在有意无意中为我埋下了成为作家后也热衷于创作传记故事的种子。所以说，文学的、散文的种子的力量，是巨大和神奇的。

读柳青的《创业史》，我首先记住的也是柳青的这段名言：

人生的道路虽然漫长，但要紧处常常只有几步，特别是当人年轻的时候。没有一个人的生活道路是笔直的、没有岔道的，有些岔道口譬如政治上的岔道口、个人生活上的岔道口，你走错一步，可以影响人生的一个时期，也可以影响人生。

虽然那时候未必能真正理解这段名言深刻的哲理意义。读《钢铁是怎样炼成的》，我牢牢记住的是奥斯特洛夫斯基的那段名言：

人最宝贵的是生命。生命每个人只有一次。人的一生应当这样度过：当回忆往事的时候，他不会因为虚度年华而悔恨，也不会因为碌碌无为而羞耻；在临死的时候，他能够说："我的整个生命和全部精力，都已经献给了世界上最壮丽的事业——为人类的解放而斗争。"

盖达尔的小说里，有一段关于"什么是幸福"的话，也曾被我奉为圭臬，我还把它写进了当年的入团申请书里，那段话的大意如下。什么是幸福？每个人都有自己的见解，但是当我们生活在祖国母亲的怀抱里，就会知道和懂得：应该正直地生活，辛勤地劳动，并且永远热爱和卫护这个名叫祖国的广大而幸福的土地。

其实，之所以能被这样一些句子和段落所感动，并且过目不忘，牢牢地记住，除了它们具有的励志的意义，还有一个原因，就是它们都写得很美，是美妙的散文段落。

我在中学阶段，对散文的感受进一步加深。我高一年级的班主任老师也是一位文学爱好者，现在回想起来，他给我们讲语文课，对一些文学性很强的散文，讲得是那么生动，让我至今难忘。

当时课本上有徐迟先生的报告文学《哥德巴赫猜想》的节选，其中有一段描写数学家陈景润那“天书”一般的数学手稿的文字：

何等动人的一页又一页！这些是人类思维的花朵。这些是空谷幽兰、高寒杜鹃、老林中的人参、冰山上的雪莲、绝顶上的灵芝、抽象思维的牡丹……

对于这样一些段落，老师讲得很细，一边讲一边发出赞叹：“这才叫文章啊！工整有力的对仗，淋漓尽致的排比，铿锵有力的音节，何等精彩的文笔！若有神助，若有神助啊！”现在回想起来，他那陶醉的欣赏者的神态和语气，都历历如在眼前。

这位老师当时还告诉过我们，作家徐迟精通英文，他写《哥德巴赫猜想》是先用英文写成，然后再自己译成中文。而且为了写好数学家陈景润，徐迟也苦攻了一番高等数学。

那时候，这位老师和我自己都没有想到，十几年后，我竟能作为《哥德巴赫猜想》的作者的助手，几乎每天都可以面对面地听他谈创作。正是在高中老师那里，我平生第一次知道了徐迟这个名字。后来在徐老身边工作时，我曾问过他，当年语文老师说的先有英文后有中文的说法是不是真的。徐老笑着说："传说而已。苦攻了一番高等数学，特别是世界数论方面的研究历史，倒是真的。"

除了《哥德巴赫猜想》，我记得印象很深的还有《包身工》《长江三日》《古战场春晓》等几篇课文，都是现代散文名篇，也是语文老师给我们重点讲过的课文。讲《包身工》时，他有意或无意地让我们记住了这样的一些句子：

黑夜，静寂得像死一般的黑夜，但是，黎明的到来，是无法抗拒的。索洛警告美国人当心枕木下的尸首，我也想警告某一些人，当心呻吟着的那些锭子上的冤魂！

多有力的语言！讲《长江三日》时，我首先记住的也是作家刘白羽引用过的那些充满诗意的散文语言，例如：

前进吧！——这是多么好啊！这才是生活啊！

…………

天空啊，云彩啊，以及整个生命的美并不只存在于佛龙克，用得着我来跟它们告别？不，它们会跟着我走的，不论我到哪儿，只要我活着，天空、云彩和生命的美会跟我同在！

还有老作家魏巍的散文名篇《谁是最可爱的人》，让我难忘的是文中最后一段用排比句写出的文字：

亲爱的朋友们，当你坐上早晨第一列电车驰向工厂的时候，当你扛上犁耙走向田野的时候，当你喝完一杯豆浆提着书包走向学校的时候，当你坐到办公桌前开始这一天工作的时候，当你往孩子口里塞苹果的时候，当你和爱人一起散步的时候……朋友，你是否意识到你是在幸福之中呢？你也许很惊讶地说："这是很平常的呀！"可是，从朝鲜归来的人，会知道你正生活在幸福中。请你意识到这是一种幸福吧，因为只有你意识到这一点，你才能更深刻地了解我们的战士在朝鲜奋不顾身的原因。朋友！你是这么爱我们的祖国，爱我们的伟大领袖毛主席，你一定会深深地爱我们的战士——他们确实是我们最可爱的人！

这样的语言本身是极其精彩的，语文老师又把它们的美赏析到了我们都能够与之产生共鸣的地步。受着这样的语文课的熏陶，我们班上的大多数同学，都或多或少地对文学产生了兴趣。我应当承认，我以后能逐渐走上文学创作的道路，是和这位语文老师有着很大的关系的，所谓“好雨知时节，当春乃发生。随风潜入夜，润物细无声”。

散文的风骨

我再讲一讲我对散文的风骨的理解。冰心老人在世的时候，十分喜爱玫瑰花。有人问她，您为什么这么喜欢玫瑰？她说：“因为她有坚硬的刺，浓艳淡香都掩不住她独特的风骨！”高贵、美丽的玫瑰花映出了冰心老人生命的影子。我们从她的许多作品里，都能看到和感受到玫瑰花的美丽、芳香和铮铮风骨。

散文是文学百花园里的玫瑰花。优秀的散文也总是有着玫瑰花一样独特的风骨。散文的风骨，不仅仅是那种像“坚硬的刺”一样尖锐的力量，也意味着高尚的品格、博大的爱心、开阔的襟怀、辽远的境界、伟大的信念。

俄国作家柯罗连科，一生创作过《盲音乐家》《我的同时代人的故事》和《探求者的生活插曲》等小说名篇，他的文学才华在同辈作家中是卓然超群的。他有一篇著名的散文《火光》，写于 1900 年，据说这是他在一位女作家的纪念册上即兴写下的文字，如今却成了一篇不朽的散文名作。

很久以前，在一个漆黑的秋天的夜晚，我泛舟在西伯利亚一条阴森森的河上。船到一个转弯处，只见前面黑漆漆的山峰下面，一星火光蓦地一闪。

火光又明又亮，好像就在眼前……

这篇散文记述的是柯罗连科在一个夜晚的航行中的所见与所感。他看见了闪烁在漆黑的夜色里的一星火光，却又不能立刻靠近它。但火光毕竟就在前方，用它黑夜里的那一点明亮和神秘召引着他，鼓舞着他，使他心驰神往，奋然前行。

像这样的经历，我们许多人也许都曾有过，却未必都有着柯罗连科这样深切的感受。这闪烁在远方的火光既遥远又亲切，既飘忽又明亮。它是一种希望之光、幸福之光。它在召唤着你向它走去，义无反顾；它同时又在提醒你，幸福和希望并非唾手可得，要得到它、靠近它，你得付出一定的代价，你得首先有穿越黑暗的勇气与信心。

在这以前和在这以后，曾有许多火光，似乎近在咫尺，不止使我一人心驰神往。可是生活之河却仍然在那阴森森的两岸之间流着，而火光也依旧非常遥远。因此，必须加劲划桨……

然而，火光啊……毕竟……毕竟就在前头！

柯罗连科写的是航行在一条真实的河流上的感受，但给予我们的却是在人生的长河上该如何奋然前行，去追求光明、追求真理和彼岸的宏大启示。这篇散文在主题上显示了柯罗连科开阔的精神境界和对人生、对世界热情积极的姿态。这束“火光”不就是散文的风骨吗？

列夫·托尔斯泰有一段名言：

一个人想要创造出真正的艺术品，需要的条件很多，但基本的就是三样：这个人必须站在他那个时代最高的世界观水平上，这个人必须深刻地体验过某种感情并希望将它传达出来，这个人必须在某种艺术领域具有非凡的才能。任何一位散文作家，舍此三条，也成不了大的气候。

俄国另一位伟大的作家屠格涅夫是一位散文大师，他的《猎人笔记》等长篇小说，还有《白净草原》等中短篇小说，都可以当散文来读。他还有一部散文诗《爱之路》，每一篇都值得一读再读。其中有一篇名篇《门槛》，许多翻译家都翻译过，包括巴金先生在内。这篇散文里所礼赞的那位女性，是俄国一位年轻的女革命家苏菲亚·利沃夫娜·佩罗夫斯卡娅。散文诗一开头就写到，在一道高高的门槛前，站立着一位美丽的少女。她静静地站在那里，仿佛是一座圣洁的雕像。随着一阵冰冷的气流，从那深深的门槛里面传出了一个喑哑的、严肃的、缓慢的声音。

这是一种伟大的理想和信仰，一种崇高的、无私的献身精神，是对少女年轻的灵魂的拷问。这首诗刻画出了一位圣洁、坚毅、勇敢、正直的女性的形象，歌颂了她为了自己的信念和理想，而坚定不移甚至甘愿献出自己年轻而宝贵的生命的崇高精神和高贵品质。这是逃避不了的信仰和意志之门，是人生路上的最高的门槛。这道门槛，不也是散文的风骨吗？

散文的风骨，并非是一个抽象的和不可捉摸的概念；散文的风骨，是一个比一切名词都要丰富、具体和形象的存在；散文的风骨，是我们心中最深沉的家国情怀，是祖国之爱、民族之爱、乡土之爱和人类之爱。散文的风骨，也是楚辞汉赋中的家国之痛、民生之哀。

古代的散文，像司马迁的《报任安书》，李华的《吊古战场文》，刘禹锡的《陋室铭》，范仲淹的《岳阳楼记》，周敦颐的《爱莲说》，李清照的《金石录后序》，文天祥的《指南录后序》，苏东坡的《赤壁赋》《后赤壁赋》，归有光的《项脊轩志》，夏完淳的《狱中上母书》，全祖望的《梅花岭记》，等等。现代的散文，像鲁迅的《野草》，茅盾的《白杨礼赞》，方志敏的《可爱的中国》，陶铸的《松树的风格》，巴金的《随想录》，等等。这些散文在每一个时代都是可以傲然挺立的“风骨之作”。

诗人雪莱坐在中学时代的绿草地上发出誓语：

我誓必正直、明慧、自由，只要我具有此种力量，我就誓不与自私者、权势者为伍共谋祸人之事，而且对此我必加以抨击。我誓必将我的整个生命献给美的崇拜……

文学家雨果站在黑夜里的根西岛上，面向着那翻卷着正义与真理的波涛的大海，发出了响彻世界的声音：

有一天，两个来自欧洲的强盗闯进了圆明园。一个强盗洗劫财物，另一个强盗放火。似乎得胜之后，便可以动手行窃了。他们对圆明园进行了大规模的劫掠，赃物由两个胜利者均分……

将受到历史制裁的这两个强盗，一个叫法兰西，另一个叫英吉利。

马克思十七岁的时候，还在中学时代，曾写过一篇德语作文，其中的理想与境界鼓舞过许多有志青年。他写道：

在选择职业时，我们应该遵循的主要指针是人类的幸福和我们自身的完美……人们只有为同时代人的完美、为他们的幸福而工作，才能使自己也达到完美……如果我们选择了最能为人类福利而劳动的职业，那么，重担就不能把我们压倒，因为这是为大家而献身。那时我们所感到的就不是可怜的、有限的、自私的乐趣，我们的幸福将属于千百万人，我们的事业将默默地、但是永恒发挥作用地存在下去，而面对我们的骨灰，高尚的人们将洒下热泪。

你们看，这是何等的文笔，何等的境界！这不也是优秀的散文所应该具备的风骨吗？与今天的崇尚物欲、追逐享乐，以及许多人日渐颓靡、远离崇高的精神状态相比，中外散文名篇里的铮铮风骨——那些高尚的思想和激情，那些伟大的誓语与信念，那些美好的理想和追求……仍然是高贵的、辉煌的，仍然是令人“高山仰止，景行行止”且心向往之的。而且，人们的生活状态越是焦躁和平庸，那些崇高和伟大的光华，必将越来越显得宝贵和明亮。

我的老师徐迟先生有一篇散文名篇《直薄峨眉金顶记》，在描述了登上峨眉山金顶所见的气象万千的景色之后，他这样写道：

只有到了绝顶，方能言绝顶的景色。从自然景色来讲是如此。以喻思想高度，也是如此。当思想还没有达到绝顶之时，就得在林木曲径之中盘绕，虽然也可以从中顶远眺，也可以为杜鹃花丛所醉，然而终不能一览无余。非得到达了思想的金顶，才能极目四顾，将江山尽收眼底，纵横一万里，上下五千年。

只有到了思想的绝顶，才能看清楚我们的时代。

这与托尔斯泰所说的，杰出的作家“必须站在他那个时代最高的世界观水平上”是一脉相承的。2001 年诺贝尔文学奖获得者、英国作家奈保尔说过一句话：“一部伟大作品的完成，必定有赖于作家的某种道德完整。”两千多年前，孟子也说过：“颂其诗，读其书，不知其人，可乎？”当然是不可以的。人和文，是无法分开来看的。散文的风骨，更是由作家的人格决定的。人的高度、境界的高度，决定着作品的高度。文学最后的竞争，一定不是文学技巧、文学风格的竞争，而是作家情怀、人格、境界、风骨的高下之争。

散文的细节

大诗人歌德说过：理论是灰色的，而生命之树常绿。我把后一句改为“生活之树常绿”，意思就是想强调鲜活的生活之于散文创作的重要性。我们的许多散文作家，过于倚重自己的想象力，凭借各自的想象和才气在写作。这是客气的说法。说得不客气一点，那就是，没有现实的根基，不接地气，许多作品就像无土培植的植物，固然也有花有叶，甚至也是绿色的，可是没有坚强的生命力，不水灵，苍白而脆弱。

只有真实鲜活的生活本身，才能给散文提供最丰富、最生动、最新鲜的细节。有了足够的、丰饶的细节，才能撑得起你的散文的叙事和韵味。否则就会显得空泛、空洞、干瘪和苍白。

散文的细节是准确的艺术。越是描写准确，越是生动有力。我举齐白石老先生画画的例子来说吧。齐白石从小生活在农村水塘边，喜欢花鸟虫鱼，也常常在塘边钓虾玩儿。他从青年时开始画虾，一直画到九十多岁。他画的虾无论大小，看上去都栩栩如生，像活蹦乱跳的游动在水里的真虾一样生动。

有一天，徐悲鸿在家中设宴，专门款待齐白石、张大千两位大师。徐悲鸿故意让齐白石和张大千互换一下各自的“强项”，让齐白石画芭蕉，让张大千画虾。齐白石虚心地说：“老朽不敢下笔哪！因为我没弄清楚，芭蕉花的卷心是怎么长的，应该是左旋的还是右旋的？”我们写散文时也可能会写到芭蕉，你有没有想到，有没有弄清楚芭蕉花的卷心是左旋的还是右旋的细节呢？

还有一次，齐白石仍和张大千一起画画。张大千画了幅《绿柳鸣蝉图》，送给了一位收藏家。画的是一只蝉伏在柳枝上，头朝下，一副正要起飞的样子。蝉的神态和柳枝的飘摇格外生动逼真。收藏家得到此画，很是珍爱，想请齐白石在画上题首诗。齐白石仔细看了画后，说了一句：“大千此画谬矣！蝉在柳枝上，其头应该是朝上的，绝对不会朝下。”张大千听后，心里不服气，暗将此事记在心中。后来他观察了一个夏天，果然发现树上的所有的蝉都是头朝上，没有头朝下的。张大千从此对齐白石佩服得五体投地。

齐白石画每一种昆虫或小动物，都会仔细观察，胸有成竹之后才会动笔。齐白石喜欢画蝌蚪、蝉、纺织娘、蜻蜓、螳螂等草虫，我们很多作者也喜欢写这些乡村昆虫。这些小东西是我们童年时代最快乐的玩伴。齐白石到老都还记得，乡里人称黑蜻蜓为“黑婆子”，称瓢虫为“红娘子”。这些农村孩子眼里的小虫，在他笔下总是那么富有性灵，带着村童的野趣和情趣。

散文细节要写得真实、准确，作家仍然需要走扎根生活（而且是“深扎”）、体验生活、发现生活的老路。这不仅是一条创作“老路”，而且是一条文学的宽阔大路、“不二法门”。在现实表达和细节准确的问题上，没有任何捷径可走。

再举沈从文先生的例子来说。沈从文写东西十分讲究细节的真实性。根据他的小说《边城》改编的同名电影剧本里有一句描写：“虎耳草在晨风里摇摆着。”沈先生对这个文学剧本的许多细节有过十分仔细的修改和批注，其中对这一句，他这么注解道：“不宜这么说。虎耳草紧贴石隙间和苔藓一道生长，不管什么大风也不会动的。”沈从文对这种朴素的小草十分喜欢。剧本里还写到，端午节那天下着毛毛雨。他评点说：“端午节不会下毛毛雨，落毛毛雨一般是在三月里。”正是因为追求真实，沈从文的作品每一个细节都是那么地道、可信，读起来使人身临其境。

我们读汪曾祺的散文集《蒲桥集》，小说集《晚饭花集》，能感受到他的小说作品都不以复杂的情节取胜。他用散文的笔调，丰盈、真切、准确的细节描写，支撑起韵味悠长的叙事。

三联书店为他出版过一本文论集《晚翠文谈新编》，这是我心目中的一本“写作秘籍”，里面全是汪曾祺的创作经验，谈的也全是作品细节是怎么得来的，甚至包括一个专门的字、一句精妙的描写，是怎么得来的。诸位可以找来汪曾祺的作品仔细读读，对你的散文创作一定会有帮助的。

格日勒其木格·黑鹤，蒙古族作家，常年生活在呼伦贝尔大草原上。我发现他作品里有许多独特的生活细节，这说明他对生活、草原、森林、动物的生态认识得细致而准确。举两个例子来说。有一种属于北方草原的、发生在冬末春初的气候现象，在俄国作家陀思妥耶夫斯基和苏联作家普里什文等人的作品里，我多次读到过，有的翻译家将其译为“潮雪天气”或“潮雪时节”，对此我一直不得要领。在黑鹤的小说里，我也看到了他对这种独特物候的描写：

天空中落着湿雪，已经开始降温了……当时草原正在酝酿这春日里的最后一场雪，空气中的水分凝结成雪，需要释放出热量。此时，绵软的雪片正在飘落，而气温又没达到冰点，雪在迅速地融化。

读到这里我明白了，“湿雪”就是“潮雪”，原来就是一种“雨夹雪”的天气。但是因为黑鹤十分熟谙北方草原的天气变幻、物候特征以及生命物种繁衍的秘密，因此，他对每一个细节的表述更为准确，也更为传神。还有，许多人都见过草原上的落日，但也许都无法像黑鹤这样将其写得如此准确和美丽：“黄昏的阳光如同熔化的铜液一般流淌在草原上……”描写得十分真实、准确。

再以我自己的一次写作经历为例。我写过一部长篇小说《罗布泊的孩子》。这个题材离我的日常生活经验相去甚远，一般人也接触不到这个题材。我有幸和几位作家、导演朋友去罗布泊亲自体验了那里的生活。只有真正到了那里，才能获知一些你根本无法想象的生活细节。例如在荒无人烟的戈壁沙漠深处的哨卡上站岗放哨，有的战士一站就是几年，孤独寂寞，难以形容，没有任何娱乐活动；有的战士吃完晚饭就用绳子牵着一只沙漠大老鼠遛着玩儿，像遛狗一样；有的战士几年看不见一棵绿树，有一次回到马兰营地，那位战士看见榆树沟的大榆树，竟然扑上去拥抱住大树并号啕大哭起来。还有一个细节：有一次几位战士看见沙窝里有几只小狼崽子，它们的身子埋在沙土里，只有几个小脑袋露在外面。他们以为是小野狗，就挖出来带回了营地，结果晚上招来了狼群。原来是小狼身上出了痘子，母狼用这种方法帮助小狼在治疗痘子呢。这样的细节，你不深入生活，恐怕也无从想象。

散文的语言

散文的细节要鲜活、准确，散文的语言也同样如此。

最好的散文语言，一定是来自丰富、真实、生动、鲜活的现实生活的，而不是作家坐在书房里生造的、不接地气的空洞语言。

汪曾祺在《晚翠文谈》里几次说到，他对一些风趣、鲜活的市井口语的惊喜和欣赏。有一次在张家口，他听见一位老饲养员批评一个有点个人英雄主义的小组长时说：“一个人再能，当不了四堵墙；旗杆再高，还得有几块石头夹着。”他觉得这是很好的语言。还有一次，他听一个同事说：“嗨，你犹豫什么呢，有枣没枣，先打三竿子试试嘛！你知道哪块云彩里藏着雨啊？”这样的语言真有味道。因此，汪老劝告青年作家们，要多向市井街巷里的群众学习语言。

诗人艾青写过一篇著名诗论《诗的散文美》，他认为，口语存在于人们的日常生活中，最富有人间情味。他曾在一家印刷厂的墙壁上，看见一个工友写给同事的一个通知：“安明！你记着那车子！”艾青认为，这样的语言是生活的，新鲜而单纯，因此是美的，“写这通知的应是有着诗人的禀赋”。

我在阅读湖北省的一位老诗人管用和的文章时，也看到了他采录的两个村妇的一段对话，那是他的家乡汉川马口镇一带的村妇，站在婆婆的立场上，在一起数落别人家的儿媳妇。

一个说：“如今哪，做婆婆的也真是为难，刘家那个儿媳妇，真是豆腐掉在灰塘里，吹也吹不得，拍也拍不得。昨夜晚，她婆婆掂了一下她的斤两，说了两句疼不疼、痒不痒的话，她一赌气就跑了，三更半夜的，不晓得是死是活。”

另一个说：“你放心，船儿丢了在河下，媳妇跑了在娘家。荷花娇是臭泥巴里长的，姑娘娇是半吊子娘养的，我看，八成是她娘出的歪点子，用跑来吓唬人的。”

“可不是！娇嘛，也要娇得有个样儿。不是我说她，真是端块豆腐也怕割了手，芝麻小事儿都不沾边儿，恨不得要婆家人打个金神龛子把她供着，天天对着她烧香磕头！你说，哪个婆婆家搁得下这样的媳妇嘛！”

“不过，一个铙钹响不起来，我看她那个婆婆也是个属辣椒的，无风都吹得起灰来。锅里不拣媳妇的错儿，就碗里去挑媳妇的错儿！你晓得不，她跟大媳妇也是反贴门神不对脸，正月初一吵一句，到腊月三十还不落音的。”

“随怎么说，她总是会伤人。峨眉山再高，也在天底下；箩筐再大，也得有四根麻绳系着咧！这样的媳妇，不管得狠一点，迟早会在你头上做窠。哼，你没听她那张刀子嘴巴喔，真伤人哩！骂起人来，一骂一个坑！”

“唉，相打无好拳，相骂无好言。都是婆媳伙的，长日长时地过日子，哪有个碟子不碰碗的？门牙有时候还把舌头给咬了哩。自己亲生的姑娘又怎么样呢！我看就只当个闭眼观音，马虎一点不就过去了……”

如此鲜活、生动的对话，真能让人捧腹大笑。也许只在孙犁、赵树理、周立波等作家的小说里才有这样鲜活、生动的语言，现在的小说里几乎已经看不到了。这样的草根和市井口语，用现在的话说，是最“接地气”的语言，因此也是最生动和最鲜活的语言。看来，无论什么时候，作家深入生活、体验生活、去群众中“采风”的路子，永远不会过时。

好的散文一定是美文，因此，散文的语言，美是前提。准确、生动、鲜活、水灵，还有平实、不浮华、不夸饰，就是一种大美。有时候，散文的语言也不要太精致。写得滚瓜烂熟了，往往不是好事，容易流向油滑和炫技。有时候，散文语言“生涩”和“质朴”一些，也很好。英国女作家伍尔夫对散文家兰姆的散文有过这样的评价："由于放纵的想象力的闪耀，闪电似的天才的霹雳，使他的文章有些缺点，不太完美。"伍尔夫这里所说的"不太完美"，也可能是由于作家有时和眼前的现实生活贴得太近，尤其是一些生活在基层一线的散文作家，散文里有"纪实体""现场报道体"的味道。这是因为你还来不及让思想感情和冲动起来的意绪经过一个沉淀、扬弃的过程，使得一些作品很自然地有了"粗糙"的一面。不过，"粗糙"有时也并不完全意味着是"败笔"。这种"粗糙"保留和还原得好，恰恰就是"鲜活"的语言。不少文章倒恰恰是因为过于精致和工巧，而丧失了自己的个性风格，就像现在影楼里拍艺术照、影视剧里的演员化妆，过于涂抹和雕琢，所有的脸都变成了一个样子。散文创作也应该拒绝这种做法。

就讲到这里吧。不当之处，请各位多多指正。